**이상한
과일**

이
상한
과일

서정아 소설집

산지니

차례

풍뎅이가
지나간
자리

경의 취미는 곤충채집이라고 했다. 나는 그 말을 들었을 때 콧잔등에 개미가 지나가는 것 같은 간지러움 때문에 재채기를 했다. 그런 고전적인 취미를 경이 가지고 있을 거라곤 생각지도 못했다. 적어도 세계 맥주 뚜껑 수집이나 캐릭터 인형 수집 정도는 되어야 하지 않을까.

경이 로즈마리를 자르며 던진 곤충채집이라는 말은, 죽은 이모를 떠오르게 하기에 충분했다. 어렸을 때 이모의 방에 가면 책상 위에 잡지책이 항상 놓여 있었고, 그 책의 뒷부분에는 펜팔을 하고 싶어 하는 사람들의 이름이 적혀 있었다. 이모가 그 책을 읽는 모습은 한 번도 본 적이 없었는데 그 앞에서 편지를 쓰는 모습은 자주 눈에 띄었다. 펜팔을 하고 싶어 하는 남자들이란 무능력한 낭만주의자가 아니면 군인일 거라고 지레짐작을 했지만 이모에게는 그렇지 않은 모양이었다. 이모는, 취미를 곤충채집이라고 소개한 남자 이름에다가 파란 모나미 볼펜으로 동그라미를 치고 편지를 보냈다. 짧게는 3개월, 길게는 1년 정도 펜팔을 한 사람도 있었는데 정작 이모를 만나러 온 남자는 딱 한 번 편지를 주고받은 사람이었다. 그 남자는 비쩍 마른 체구에다가 여드름투성이의 모습으로 나타났기 때문에 곤충채집을 취미로 가진 사람에 대한 내 이미지는 그렇게 굳어 갔다. 나는 경에게 그 이야기를 해 주었다.

"네 이모는 왜 그렇게 곤충채집에 집착한 건데?"

"그건 몰라. 여드름 남자를 만나고 돌아오면 물어보려고 했는데 그날 죽었거든."

"어쩌다?"

"경찰에선 실족사라고 하고 우리 엄마는 타살이라고 하고 그러다가 증거가 없으니까 흐지부지 잊혀졌어."

경은 손에 쥐고 있던 로즈마리 잎들을 내 셔츠 속으로 넣었다. 로즈마리가 셔츠 속에서 춤을 추며 내려갔다. 나는 경의 귓불을 깨물었다. 경은 어깨를 움츠리며 소곤거렸다.

"나도 네게 잊혀지겠지?"

"뭐라구?"

"나도 미수 네 마음에서 잊혀지게 되겠지, 라고 물었어."

"……."

창으로는 오후의 나른한 빛이 쏟아지고 있었다. 때로는 잊혀지지 않는 일들도 있었다. 오후의 빛처럼 나른하고도 가장 깊숙하게 내 마음에 쏟아져 내리는 것들도 있기 마련이었다.

나는 경의 통통한 손목을 잡고 바닥에 앉았다. 경은 손가락을 꼼지락거렸다.

"우리 이모는 네 손목을 잡아 보고 싶으시대. 눈이 잘 안 보이시거든. 이모는 내가 처음 봤을 때부터 늙어 있었어."

나의 이모는 내가 마지막으로 볼 때까지 젊고 아름다웠으니 나는 늙고 앞을 볼 수 없는 이모를 상상할 수 없었다. 그가 말하는 것을 상상할 수 없다는 사실이 나를 이상한 기분에 휩싸이게 했다. 그건 마치 지독히 추운 방에 혼자 앉아 있는 것과 똑같았다.

"추워."

나는 몸을 움츠렸다. 경은 내 눈을 한 번 보더니 로즈마리가 있는 창가로 눈을 돌렸다.

"그러고 보면 한 사람의 인생은 퍼즐처럼 조각나 있는 거야. 그 사람을 지나쳐 가는 다른 사람들의 기억 속에 말야. 네 이모는 네 기억 속에서 영원히 젊고, 내 이모는 내 기억 속에서 영원히 늙었듯이."

내가 경을 처음 봤을 때 그는 춤을 추고 있었다. 경이 옷을 하나하나 벗어던지며 몸을 움직일 때마다 클럽 안의 사람들은 웃음을 터뜨렸다. 경의 옆에는 근육질의 남자가 스트립쇼를 하고 있었는데 사실상 무대의 주인공은 그였던 것 같다. 근육질이 엉덩이를 보여줄 때 사람들은 환성을 질렀고 곧 경이 팬티를 반쯤 내리자 웃음이 터져 나왔다. 경의 피부는 누구보다도 매끄러웠지만 키가 작고 뚱뚱했다.

경이 쇼를 끝내고 물을 마시러 주방으로 왔을 때 나는 소리를 질렀다.

"웃음거리나 되는 짓을 왜 하는 거야!"

주방에서 과일 안주를 만들고 있던 엄마와 오징어를 굽던 아저씨가 놀라서 나를 쳐다봤다. 그와 달리 경은 피식 웃으며 아무렇지도 않게 말했다.

"그게 내 역할이야."

경이 물을 마시고 나가자 엄마는 내 등을 때리며 말했다.

"나처럼 신세 망치고 싶지 않으면 저 뚱땡이한테 관심 갖지 마, 이년아."

하지만 엄마의 말과는 상관없이 나는 다음 날도 역시 클럽 주방으로 출근하는 엄마를 돕겠답시고 따라갔고 경의 쇼가 끝나자 엄마 몰래 밖으로 나와 고양이가 울어 대는 골목에서 그와 입을 맞추었다. 묻고 싶은 것이 많았는데 그는 내 입을 오랫동안 막고 있었다.

"엄마는 내게 항상 닭 껍질을 튀겨 줬어. 장사를 하다가 남은 거였는데 난 그게 정말 먹기 싫었어. 엄마가 닭 껍질 대신 우유를 줬더라면 나도 키가 큰 근육질이 될 수 있었을 거야."

경이 담벼락 밑에 쪼그려 앉으며 말했다. 경의 머리 위에는 조잡한 락카 그림이 그려져 있었다. 왜 삶은 이다지도 초라하고 조잡한 것인가, 하는 생각이 발밑을 답답하게 조여 왔다. 나는 침을 삼키고 겨우 입을 열었다.

"그래도 네 피부는 고와."

그때 도로 쪽에서 자동차의 경적과 급브레이크 밟는 소리가 크게 울렸다. 경이 내 말을 들었는지는 알 수 없었다. 다시 한번 말해 줄까 싶었지만 같은 말을 두 번씩 하는 것은 가볍게 보일 것만 같았다.

집에 들어와 이불을 덮어쓰고 경을 생각하고 있을 때 엄마가 들어왔다. 엄마가 이불을 들추길래 황급히 눈을 감았다.

"나이를 처먹었으면 밥벌이는 해야지, 언제까지 방구들만 지고 있을 거냐."

엄마의 입에서 술 냄새가 조금 났다. 엄마는 푸우, 하고 한숨을 내쉬더니 나를 옆으로 밀치고 자리에 누웠다.

일을 해야겠다는 생각은 단 한 번도 한 적이 없었다. 내게 전혀 불편함이 없었기 때문이다. 아침을 먹고 시립 도서관에 가서 책을 보고, 때가 되면 집에 와서 밥을 먹고, 또 도서관에 갔다가 저녁 때 집에 오는 것이 내 일과의 전부였다. 그리고 간혹 엄마를 따라 클럽에 가서 설거지 따위를 돕기도 했다. 돈이 없어서 불편하다거나 일이 없어서 무기력해지는 일은 없었다. 그러나 엄마의 그 한마디는 내 잠자리를 약간 불편하게 만들었다.

경의 이모는 바람이 빠진 풍선 같았다. 경이 나를 이모 앞에다 끌어 앉히자 그녀는 내 손을 더듬으며 말했다.

"네가 미수로구나. 우리 경이를 잘 부탁한다. 경이는 기름기 있는 음식을 싫어한단다."

경의 이모는 내 손목을 힘없이 잡아 보고 눈물을 흘리더니 다시 자리에 누웠다. 나는 그녀의 기억 속에서 손목의 느낌으로만 남게 되었을까.

나는 경과 함께 시내 한복판을 거닐었다. 한낮의 시내는 한가로웠다. 걸으면서 줄곧 경의 이모가 했던 말을 잊어버리려 노력했는데, 그럴수록 그녀의 힘없는 음성은 내 머릿속에 또렷이 새겨졌다. 경은 또 무슨 생각을 하는지 왼손으로 귀를 만지작거리고 있었다. 무슨 생각에 깊이 빠져 있을 때 귓불을 만지작거리는 건 경의 오래된 버릇이었다.

"경, 난 요리 같은 거 못해. 네 이모가 손목을 잡고 있어서 그렇게 말 못했지만."

나는 경의 오른쪽 귓불을 잡아당기며 말했다. 경은 그런 내 손을 잡아 내리며 힘겹게 입을 열었다.

"이모는 곧 죽을 거야."

구름이 몰려와 우리가 걷는 곳에 그늘이 생겼다. 우리는 다시 아무런 말없이 발밑만 보며 걸었다. 해가 지면 경은 사람들의 웃음거리가 되기 위해 클럽으로 가야 할 것이다. 그 사이에 경의 이모 얼굴에는 검버섯이 하나 더 피어오를 것이고 풍선은 더욱 쪼그라들 것이다.

한 부분만 보고도 그 사람 전체를 알 수 있다면 좋을 것 같다. 경의 이모가 내 손목만 잡아 보고도 나를 전부 알 수 있다면, 경을 잘 부탁한다는 말은 하지 않았을 텐데.

"네 생각이 나서 운동장을 두 바퀴 뛴 적이 있었어."

지하철역에 다다르자 경이 입을 열었다.

"그리고 이모한테 가서 울었어. 이모는 그저 자기가 없을 때 내가 울까봐 걱정이 되었던 거야. 그러니 너무 부담을 가질 건 없어."

경이 내 손을 놓고 지하철 입구로 들어섰다. 이대로 경을 보내면 다시 그를 볼 수 없을 것만 같았다. 나는 경을 뒤따라가 그의 어깨를 잡았다. 경의 집에서 보낸 첫 밤은 지킬 수 없는 약속을 한 것처럼 우울하고 괴로웠다.

엄마의 음주량은 점점 늘고 있었다. 술 말고는 가슴에 쌓은 것을 풀어줄 만한 수단이 달리 없었을 것이다. 엄마는 분명히 외로워 보였다. 그 외로움은 내가 채워줄 수 있을 만한 성질의 것이 아니었다.

5년 전만 해도 봐줄 만했던 엄마의 피부는 이제 나이에 지쳐 꽤나 깊은 골을 만들고 있었다. 축 처진 가슴과 엉덩이는 이제 더 이상 여성성의 상징이 될 수 없었다. 게다가 얼마 전부터 폐경기가 시작된 것이다. 엄마는 그러한 사실이 견디기 힘든 듯 보였다.

한때는 엄마 말대로 인생을 망치게 한 남자들도 있었지만 이제는 어떤 남자도 엄마의 인생에 관여하지 않았다. 엄마의 젊음을 기억하고 있는 남자들은 어디에서 누구와 또 다른 젊음을 각인시키고 있을까.

술 냄새가 아주 많이 나는 날에 엄마의 손은 사타구니와 이불 사이에서 움직이곤 했다. 인간만이 할 수 있는 그 행위는 단순한 욕정 이상의 것이었다. 외로움과, 기억과, 슬픔과, 욕망이 뒤섞인 움직임이었다.

엄마가 클럽에서 허드렛일을 하는 아저씨에게 유혹의 메시지를 던지는 모습을 몇 번 보았지만 아저씨는 엄마에게 아무런 관심이 없어 보였다. 그보다는 나에게 힐끔힐끔 눈길을 보내는 쪽이었다. 하지만 시간이 흐르면 내 젊음도 흔적 없이 사라져 버릴 것이다. 경은 나와 함께 나눈 젊음의 기억을 한쪽 구석에 밀어둔 채, 새로운 젊음을 현재에 새기기 위해 누군가에게 구애를 할 것이다. 또는, 이불 속에서 외로움과 기억과 슬픔과 욕망을 흔들어 대고 있을지도 모른다.

아침이 되자 햇빛을 받으며 잠들어 있는 엄마의 모습은 더욱 초라해 보였다. 나는 커튼을 쳐 햇빛을 가려 주고 밖으로 나와 큰길 횡단보도 앞에 있는 생활 정보지를 꺼냈다. 사람들이 내 앞을 지나 버스 정류장으로 가고 있었다. 어쩌면 세상의 웃음거리는 경이 아니라 나일지도 모르겠다는 생각이 들었다. 내가 도서관에서 보내던 하루하루는 내 현실과는 아무런 관련이 없는 커다란 환상의 덩어리였다. 처음으로, 일을 해야겠다는 생각이 들었다. 생활 정보지에서 매운 종이 냄새가 풍겨왔다.

작업반장에게 지청구를 들을 때마다 내 머리는 조금씩 단순해지는 것 같았다. 단순해져야만 할 수 있는 일이었다. 일을 시작하기 전날까지 시립 도서관에서 읽다 만 소설의 스토리는, 내 머릿속에서 떠돌다가 2분 30초에 한 번씩 퍼부어지는 절삭유에 파묻혀 버리곤 했다. 내가 하는 일은 정해진 시간마다 에어컨의 부품인 프레임을 선반 위에 올려놓고 자동 가공 장치를 작동시키면 되는 것이었다. 위험하거나 어려운 작업은 아니었지만, 오랫동안 뇌의 많은 부분을 멈추어 있게 했고 꼭 그만큼의 시간 동안 나는 늙어가는 것 같았다. 그런 사실을 인식할 때마다 작업대 오른쪽에 놓아둔 풍뎅이를 보았다.

경은 그날 사타구니에 맺힌 땀이 채 식기도 전에 나를 끌고 나와 화장실 옆에 붙어 있는 작은 다용도실을 보여 주었다. 나는 그제야 경이 말한 '곤충채집'이 상투적인 대답이 아니었다는 걸 알았다. 세 벽면이 곤충 박제로 둘러싸여 있었는데 박제에 제법 공을 들였는지, 곤충들은 곧 벽면을 기어 다닐 것처럼 보였다.

"가장 아름다운 순간에 알콜을 주입해야 해. 그렇지 않으면 생기가 없거든."

"정말 예뻐."

"나도 가장 아름다운 순간에 박제가 되었으면 좋겠어."

내 기억 속엔 이미 경의 아름다운 피부가 각인되어 있었지만 나는 그것을 말할 수 없었다. 이미 우리는 끝을 예감하고 있었기 때문이다. 나를 다시 이불속으로 붙들고 가는 경의 손에는 힘이 하나도 없었다. 얇은 이불은 나와 경을 안고 아주 느리고 슬프게 움직였다. 경이 잠들었을 때 나는 옷을 입고 다용도실에 들어가 에메랄드빛의 새끼 손톱만 한 풍뎅이를 꺼내서 나왔다.

풍뎅이를 작업대 위에 얹어 놓고 보고 있노라면 경의 말이 생각났다. 풍뎅이의 등껍질은 작업장의 조명을 받아 예쁘게 반짝거렸지만 경의 모습과 목소리는 점점 흐릿해졌다.

"어이! 거기 6번 라인 뭐하는 거야!"

프레임 세 개가 내 앞에서 밀려 있었다. 주위를 둘러보니 사람은 보이지 않고 짙푸른 작업복의 오른 소매만 부지런히 움직였다. 풍뎅이가 내 몸 쪽으로 기어 왔다. 내 몸은 온통 굳어 버리고 있는 것 같았다.

한 달 만에 경이 전화를 했을 때 나는 풍뎅이의 등껍질을 만지고 있었다. 창으로 들어오는 오후의 나른한 빛은 경의 집을 생각나게 했다. 일하지 않는 일요일에도 내 귀에는 종종 공장의 소음이 들렸고 그때마다 풍뎅이의 등껍질을 쓸어내렸다.

그사이 경은 나이를 먹은 것 같았다. 반질하던 피부가 거칠해졌다.

"너를 괜히 만나러 온 것 같아."

"나도 방금 그런 생각이 들었어. 그동안 대체 뭘 한 거야."

경은 내 볼을 쓰다듬듯 만져 보고는 한숨을 쉬었다. 경의 눈에 비친 내 모습도 생기를 잃었을까. 그렇다면 나는 사회 부적응자일까, 무능력한 낭만주의자일까, 혹은 곧 도태될 지식을 껴안고 부패해 가는 단백질 덩어리일까.

"어제 이모를 강물에 뿌렸어. 이제 이모는 없지만 내 기억 속에 남아 있는 모습은 끔찍해. 이모의 몸은 소주에 푹 젖은 채 알콜 냄새를 풍기고 있었어. 그게 나에게 해 줄 수 있는 최선의 배려였겠지만 그래도 난 그 모습을 보자마자 토악질을 해 댔어."

"미안해. 나는 아무런 느낌도 들지 않아."

경의 이모가 내 손목을 잡았을 때의 온기를 떠올려 보려 했지만 도무지 그녀의 죽음은 나를 슬픔 속에 몰아넣지 못했다. 오직 나는, 지금 경을 만난 것에 대한 후회로 절망했다.

"미수, 네 이모는 분명히 자살했을 거야."

"......"

붓꽃 같았던 이모. 나는 이모의 뒤를 몰래 따라갔다. 그리곤 붓꽃 한 다발을 들고 나타난 여드름투성이의 깡마른 남자를 먼 발치에서 보고 실망해서 돌아왔다. 밤이 되어도 돌아오지 않던 이모는 꽤나 멀리 떨어진 지방의 강가에서 발견되었다고 했다. 경의 말대로 이모는 스스로 박제가 되길 선택했을지도 모른다.

그리고 엄마 말대로 여드름에 의해 박제되었을지도, 혹은 경찰 말대로 단순한 실족사였을지도 모른다. 의도야 어쨌건 간에 이모가 내 기억의 일부분에 풍뎅이처럼 아름답게 장식되어 있는 것만은 사실이었다.

반 고흐 vs 폴 고갱. 커다란 플래카드가 시립 미술관 정문에서 펄럭였다. 미술관까지 걸어오는 동안 경은 내 손을 잡지 않고 길가에 심어진 키 작은 나무들만 건드렸다. 미술관의 입구에는 귀가 잘린 고흐의 자화상이 있었다. 그리고 10미터쯤 더 갔을 때 고흐가 그린 〈알리스칸〉과 고갱이 그린 〈알리스칸〉이 나란히 걸려 대조를 이루고 있었다. 알리스칸은 고대 로마의 공동묘지였던 모양인데, 두 그림 사이에서 공통된 느낌은 전혀 받을 수가 없었다. 고흐의 그림에 묘사된 그곳의 풍경은 두꺼운 터치로 무게감이 있었으며, 걸어오는 사람들과 공장 굴뚝의 연기로 인해 지극히도 현실적인 느낌을 주었다. 그러나 고갱의 그림은 모든 것이 정지된 듯했고 신비로운 분위기를 엮어 내고 있었다.

"같은 곳을 보고 어떻게 저리도 다르게 그릴 수 있을까."

"꼭 눈에 보이는 것으로만 기억되는 건 아니잖아."

"……?"

"상징적으로 기억할 수도 있다는 얘기야."

딴에는 경에게 그런 말을 해 주고 싶었던 것이다. 나 또한 두 개의 알리스칸을 보기 전까지는 알지 못했던 것이지만 눈에 보이고 손에 만져지는 감각적인 것만이 존재의 전부는 아니라는 생각이 들었다. 알리스칸에 있는 공장의 굴뚝에서 연기가 나오고 있어도 고갱의 기억에는 그것이 남아 있지 않았을 수도 있고, 사람들이 멈춰있다 할지라도 고흐의 기억에선 걸어가고 있었을 수도 있다. 어차피 우리가 포착하는 삶의 모습들은 지극히 찰나적이고 주관적이므로 무엇이 진실이고 무엇이 거짓이라고 말할 수 없는 것이다.

"고흐가 왜 귀를 잘랐을 것 같아?"

경은 내 머리카락을 귀 뒤로 넘겨주며 물었다. 미술관에서 나오자마자 내리기 시작한 가랑비 때문에 옷이 축축하게 젖어 들고 있었다.

"여러 가지 가설이 있지만 흔히들 고갱 때문이라고 하지 않아? 물론 고흐에게 정신병도 있었고."

"고흐는 귀를 잘라서 매춘부 라첼에게 줬어. 더 추해지기 전에 자신의 가장 아름다운 부분을 여자에게 주고 싶었던 거야."

경은 또 자신이 박제했던 곤충들을 생각하는 걸까. 빗줄기가 몸속으로 파고드는 속도만큼 우리는 서로에게서 멀어져 가고 있는 것 같았다. 경은 슬픈 표정을 짓지 않았지만 분명 이모의 죽음에 꽤나 큰 충격을 받은 듯했다. 나라는 존재는 그 충격의

테두리 밖으로만 흐릿하게 보였을 것이다.

　며칠 전부터 엄마는 아침 일찍 일어나 치장을 했다. 운동 삼아 산보를 간다고 했지만 산보 가는 차림으론 좀 어울리지 않아 보였다. 엄마는 화려한 차림새로 뒷동산에 올라갔고, 나는 같은 시각 추레한 차림으로 공장 셔틀버스에 올랐다. 여전히 공장은 시끄럽고, 어둡고, 더웠다. 에어컨을 만드는 공장이 꼭 난로를 만드는 공장처럼 느껴졌다.

　퇴근길엔 하루살이 떼가 나를 쫓아다녔다. 고작 하루를 살고 죽을 미물도 맹렬히 추구해야 할 무언가가 있었나 보다. 귀찮아서 고개를 흔들어 댔지만 하루살이 떼는 흩어졌다가 금방 다시 내 얼굴 쪽으로 모여들었다. 손사래를 치며 빠른 걸음으로 골목 어귀를 휘돌았을 때 길가 첫 번째 집에서 나오는 엄마의 모습이 보였다. 엄마는 아침에 보았던 차림 그대로 총총거리며 걸어갔다. 그 집은 칠순이 넘은 노인이 혼자 살고 있는 곳이었다. 엄마가 왜 그 집에서 나오는 걸까. 문득, 서랍 속에서 더이상 줄어들지 않던 엄마의 생리대가 생각났다. 폐경, 상대적인 젊음이라도 가지고 싶었던 것일까.

　집은 아침에 나올 때 보았던 그대로였다. 둘 다 바쁘게 나온 탓에 드라이어의 플러그는 꽂힌 채로 있고, 로션 뚜껑도 열려 있었다. 엄마는 아침에 산보 간다고 나간 길로 쭉 노인의 집에 있다가 바로 클럽에 출근한 모양이었다.

경은 클럽 일을 그만두었다고 했다. 날짜를 따져 보니 미술관에서 나를 만나기 전 날, 그러니까 이모를 화장했다는 날이었다. 이모가 죽던 날에도 익명의 사람들 앞에서 우스꽝스러운 춤을 추고 있었던 자신이 싫었을 것이다. 닭 껍질만 튀겨 주던 엄마가 치킨집을 팔고 떠나자, 이미 모든 걸 알고 있었다는 듯이 경을 데려다 키운 이모였다고 했다. 그런 이모가, 부패한 모습을 보여 주지 않기 위해 술을 몸에 들이붓고 죽어 가고 있을 때, 술에 취한 사람들을 즐겁게 해 주고 있었던 자신의 모습이 괴롭게 느껴졌을 것이다.

경과 내 사이를 의심하고 있던 엄마는 경이 일을 그만두자 어느 정도 안심한 눈치였지만 나는 이제 경이 내 시야를 완전히 벗어나 버렸다는 점 때문에 좀 쓸쓸했다. 그리고 그 쓸쓸함 덕에 비로소 경과 내가 헤어졌다는 사실을 인정하게 되었다. 그와 나 사이에 벽이 생긴 것은 아마 경의 집에서 보낸 그 밤, 아니 어쩌면 경의 이모가 내 손목을 잡고 경을 잘 부탁한다고 말하던 그 순간이었을지도 모르겠다. 서로 책임감을 느끼며 지내고 싶지는 않았던 것이다. 하지만 책임감을 가지게 되는 만큼 벗어나고 싶던 그 순간과, 경에게 아무런 연락이 없었던 그 이후의 시간 동안에도 나는 경과 완전히 헤어졌다는 생각을 하지 못했다. 경도 그랬던 듯, 우리는 한 달 만에 만나 시립 미술관에서 평범한 데이트를 했다. 그런데 정작 경과 헤어졌다는 것을 실감한 것은 그렇게 만나고 며칠 뒤, 엄마에게서 경이 클럽을 그만두었다는 이야기를 들었을 때였던 것이다.

나는 풍뎅이를 넣어 놓을 만한 상자를 찾기 위해 다락으로 올라갔다. 풍뎅이를 보면 자꾸만 경의 보드라운 피부가 생각나서 아무것도 하고 싶지 않아졌다. 나는 그 애의 귓불을 만지며 꼬박꼬박 졸곤 했었다. 풍뎅이를 보면 그런 순간들이 생각났기에 더 이상 그것을 주머니에 넣고 다닐 수가 없었다.

다락으로 올라가 작은 상자를 찾기 위해 먼지가 쌓인 구석구석을 살폈다. 내 눈에 띄는 상자라곤 엄마 몰래 이모의 물건들을 넣어 둔 상자뿐이었다. 뚜껑을 열자 이모에게 잘 어울리던 보라색 머리띠와, 이모가 즐겨 듣던 노래 테이프와, 손때 묻은 만년필 따위가 아무렇게나 뒤섞여 있는 것이 보였다. 그리고 맨 밑에는 이모가 죽던 날 책상 위에 놓여 있던 잡지책이 있었다. 나는 책자의 맨 뒷장을 펼쳤다. 이성렬. 성별: 남. 나이: 27세. 취미: 곤충채집. 파랗게 동그라미가 쳐진 이름, 여드름투성이의 남자 얼굴이 언뜻 기억 속을 더듬고 지나갔다. 천천히 책장을 넘기다 보니 맨 앞 장에 끼워져 있던 엽서 한 장이 툭 떨어졌다.

그 사람이 보낸 엽서였다.

　미란 씨, 단 한 번 편지를 받았을 뿐인데 마치 오랫동안 생각을 공유한 사람처럼 느껴지는군요. 세상에 영원한 것이 아무것도 없어서 슬프다고 했죠? 대체로 그렇지만, 모든 것을 영원하게 만들 수도 있어요. 방법을 가르쳐 줄게요. 오는 토요일 오후 4시, 시청 앞 벤치에서 만나요. 미란 씨가 좋아한다는 붓꽃을 들고 가겠습니다. 성렬.

　영원? 이모가 그렇게 추상적인 것 때문에 죽었던 것일까. 영원이라는 건 언어가 만들어 내는 허상일 뿐이다. 그 허상에 슬퍼하며 죽었다고 생각하기엔 이모는 너무나도 젊고 아름다웠다. 차라리 이모의 죽음은, 치정 살인이라는 타이틀이라도 붙는 편이 나을 듯했다. 나는 이모의 보라색 머리띠를 가만히 쓰다듬으며 다락 구석에 쪼그려 앉았다. 보라색 머리띠가 붓꽃이 되고 붓꽃은 이모가 되었다.

　내가 잠을 깼을 때 엄마는 다락에 올라오는 사다리를 들어 다락 안에 있는 내 몸을 툭툭 치고 있었다. 나는 잠시 어리둥절해하다가 곧 내가 이모의 머리띠를 만지다 잠들었다는 사실을 깨달았다.

"가지가지 한다."

엄마는 내가 내려올 수 있도록 사다리를 경사지게 걸쳐 놓으며 투덜댔다. 나는 타고 내려온 사다리를 다시 방바닥에 눕혀 놓고는 자리를 펴고 누웠다. 날이 새어 가고 있는 시각이었다. 엄마가 씻고 들어오는데 볼에 홍조가 엿보였다. 술을 마셔서일까, 아니면 그 노인 때문일까. 엄마가 내 옆에 누워 말했다.

"그 뚱땡이 대신 새로운 놈이 들어왔는데 이번엔 꼭 씨름 선수 같은 놈이야. 쇼를 하는데 웃기기도 하지만 여자 손님들 홀릴 줄을 알아서 메인 인기가 다 그 애한테 갈 정도다. 근데 먼젓번 그 뚱땡이는 지가 이 일 안 하면 뭐 해서 먹고 살 거라고 나간 건지 알 수가 없네."

꿈속에서 경을 보았다. 경은 어느새 칠순이 넘은 노인이 되어 있었다. 멀리서 보아도 피부가 흐느적거렸다. 나는 얼굴에서 흐르고 있는 피를 닦으며 경에게 다가갔다. 곧 경을 만질 수 있을 것 같았는데 경은 나에게 돌을 던졌다. 너는 늙었어. 너는 추해. 나는 늙었어. 나는 추해. 경의 목소리가 메아리처럼 들려올 때 나는 소리를 지르며 잠에서 깨어났다.

"늦겠다. 빨리 일어나서 나갈 준비해."

엄마는 피곤하지도 않은지 벌써 일어나서 나갈 채비를 하고 있었다.

"또 산보 가는 거야?"

"그럼 내가 이렇게 이른 시간에 어딜 가겠냐, 이년아."

나는 엄마 뒤를 몰래 따라갔다. 엄마의 산보 장소는 역시나 노인의 집이었다. 노인은 동네에서 괴팍하기로 소문이 나 있었다. 노망이 들었다고도 했다. 자식들이 있긴 했지만 가끔 와서 양식이나 떨어지지 않게 해 주는 정도인 모양이었다. 엄마가 알루미늄 미닫이로 되어 있는 문을 두드리자 잠시 후 삐걱거리는 쇳소리가 나며 문이 열렸다.

나는 반대편으로 돌아 창문 쪽으로 갔다. 창문의 알루미늄 틀은 노인처럼 낡고 녹이 슬었고 엄지손가락 길이만큼 열려진 틈에는 꽤나 오래된 듯한 거미줄에 죽은 나방이 걸려 있었다. 창문 틈새에 눈을 갖다 댔다. 엄마의 볼품없는 몸을, 그보다 더 볼품없는 노인의 몸이 비벼대고 있는 모습이 거미줄 망 사이로 보였다. 거미줄 때문에 미세하게 분열된 그들의 몸은 마치 곧 으스러지게 될 뱀의 허물 같았다.

거미줄에 걸려 죽은 나방이 내 눈으로 날아 들어왔다. 그리고 내 망막에 부딪쳐 산산조각이 나서 턱 아래로 굴러떨어졌다. 나는 터벅거리며 걸어 나와 공장으로 가는 버스를 탔다. 출근 시간에서 30분이 지나 있었다. 작업반장은 나를 보더니, 일도 제

대로 못하는 주제에 지각까지 하려면 차라리 그만두라고 소리
쳤다.

　경의 집은 예상대로 텅 비어 있었다. 아무렇지도 않고 지루하
기조차 했던 시립 미술관에서의 데이트를 마지막으로 경은 나
를 완전히 떠나 버린 것이다. 그러리라고 생각은 했어도 막상
비어 있는 집을 보니 온몸에 힘이 쭉 빠졌다. 나는 주머니에서
풍뎅이를 꺼내어 텅 빈 경의 방 한가운데에 내려놓고 나왔다.
　우리는 둘 다 미래에 대한 확신이 없었다. 경은 현재 우리의
젊음과 아름다움이 변질될 것에 대한 두려움을 갖고 있었고, 나
는 경에 대한 감정이 지속되지 않을 수도 있다는 것에 대한 걱
정을 하고 있었다. 서로 내밀하게 묻어 두고 있던 그 생각이, 경
의 이모가 내게 던진 한마디로 인해, 그리고 그녀가 곧 죽게 됨
으로 인해 표면에 드러난 것이다.
　나의 아름다웠던 이모는 무엇을 영원하게 만들고 싶었을까.
문득 여드름 남자의 엽서에 적혀 있던 말이 떠올랐다. 모든 것
을 영원하게 만들 수도 있어요. 나는 급히 집으로 돌아와 다락
속에 있는 이모의 잡지책을 꺼냈다. 그리고 파란 볼펜으로 동그
라미가 쳐진 이성렬이라는 사람의 주소를 편지 봉투에 베껴 썼
다. 15년이 지났으니 아직 그가 이 주소에 살고 있다고 확신할

수는 없지만, 또 그곳에 있다고 한들 이모를 기억할 거라는 보
장도 없지만, 무작정 펜을 들었다.

곤충채집, 붓꽃, 이미란이라는 이름, 기억하세요? 죽은 미란
이모의 조카예요. 모든 것을 영원하게 만들 수 있는 방법, 저에
게도 가르쳐 주세요. 미수.

큰길 모서리에 세워져 있는 우체통에다 편지를 넣고 돌아오
며 일부러 노인의 집 쪽으로 걸었다. 조금 열려진 창틈에는 죽
은 나방이 여전히 거미줄에 걸린 채 방 안을 들여다보고 있었
다. 거미줄 가까이 눈을 갖다 대자 혼자 누워 있는 노인이 보였
다. 엄마는 클럽에 가 있을 시간이었다. 이불을 덮은 채 가만히
눈을 감고 평온하게 누워 있는 노인의 모습은 꼭 시체 같았다.
밤바람에 약간 소름이 돋았다. 나는 녹슨 창문의 가장자리를
세게 밀었다. 듣기 싫은 소리가 나며 창문이 완전하게 닫히고,
창문과 창틀 사이에서 나방과 거미줄이 소리 없이 으스러졌다.

엄마는 아침까지 돌아오지 않았고 나는 공장으로 가는 셔틀
버스를 타지 않았다. 일상은 이렇게 변해 가고 있었지만 그 어
느 것도 새로움을 주지는 못했다. 오히려 일상의 변화는 딱딱

한 빵처럼 굳어 가는 게 전부였다.

나는 방에 누운 채 미란 이모와, 경과, 경의 이모와, 엄마와, 노인을 생각했다. 그리고 여드름 남자…… 그가 내 편지를 받게될까, 받는다면 답장이 올까, 그런 것들을 생각하는 사이에 배가 고파 왔고 배고픔을 느낌과 동시에 밖에서 문 두드리는 소리가 났다.

"김미수 씨 댁 맞죠?"

피곤에 절어 있는 우체부였다. 나는 서명을 하고 택배 상자를 받았다. 경이 보낸 것이었다. 상자를 받아 들고 경의 이름을 보는 순간 가슴이 뛰기도 했지만, 이런 것보다는 우선 경을 만나고 싶었다.

그와 입 맞추었던 골목으로 되돌아가고 싶었다. 고양이가 울던 그 밤, 경과 나와 고양이 외에는 모든 것이 멈추어 있던 그순간.

택배 상자를 열었더니 그보다 약간 작은 상자가 나왔다. 그상자 속에는 또 다른 상자, 또 다른 상자 속에도 상자가 있었다. 장난 같은 소포를 끄르며 슬며시 마음이 놓였다. 이런 장난을 친다면, 곧 나를 만나러 올 수도 있을 것만 같았다. 그렇다면나 또한 미래의 불확실함을 미리 앞세우지 않고 그에게 기름기없는 음식을 차려 줄 수도 있을 것만 같았다.

마지막 상자에는 무엇이 들어 있을지를 생각하며 여섯 번째 상자를 끌렀을 때 나는 잠시 몸을 떨었다. 그것이 마지막이었다. 마지막 상자였을 뿐만 아니라, 경하고도 이것으로 마지막이라는 것을 나는 직감적으로 알아챘다. 손이 가질 않았지만 밑에 깔려 있는 종이를 들었다. 경의 글씨였다.

내 몸에서 가장 보드라운 귓불을 네가 기억하길 바라. 경.

상자 속에 들어 있는 귀의 창백한 색깔이 눈을 시리게 했다. 다리에 힘이 빠져서 벽에 기대어 앉아야만 했다. 고흐의 자화상을 보며 경이 했던 말이 귓가에 맴도는 것 같았다. 더 추해지기 전에 자신의 가장 아름다운 부분을 여자에게 주고 싶었던 거야. 더 추해지기 전에 자신의 가장 아름다운 부분을. 더 추해지기 전에. 더.

아마도 귀 속에 알콜을 주입한 듯, 피부는 변질되지 않았지만, 어쩐지 내게는 썩어 가는 단백질 덩어리의 냄새만이 풍겨 왔다. 그리고 풍뎅이 한 마리가 상자 위를 기어가고 있는 것이 환영처럼 보였다. 추운 여름이었다.

이상한
과일

여진은 음악을 틀고 블라우스의 단추를 채우기 시작한다. 그녀와 나의 숨소리만 공명처럼 맴돌던 차 안은, 곧 재즈풍의 여가수 목소리로 가득 찬다.

"이 음악 들어 봤어요? 빌리 홀리데이예요."

이름은 얼핏 들어 본 듯도 했으나 재즈는 내 관심 밖이다. 더군다나 아내가 아닌 여자와 정사를 벌인 후에 듣기엔 그 여가수의 음색이 너무나도 무기력하다. 음울하게 처지는 이 노래는 아내와의 어정쩡한 관계를 떠오르게 하고 내 피부 속에서 무언가 꿈틀거리는 듯한 기분 나쁜 환각을 자아낸다. 단추를 다 채운 여진은, 나의 무반응에도 아랑곳하지 않은 채 흰 스타킹의 다리를 꼬며 CD 케이스에 들어 있는 가사집을 뒤적거린다.

"1930년대에 백인들이 흑인 청년 하나를 구타해서 나무에 매달았어요. 루이스 알렌이라는 사람이 그 장면을 보고 쓴 시인데, 그걸 빌리 홀리데이가 부른 거죠. ……남쪽에 있는 나무에는 이상한 과일이 열렸네. 잎새에 묻은 피와 뿌리에 묻어 있는 피. 검은 육체가 남풍을 받고 흔들리네. 이상한 과일이 포플러 나무에 열렸네. ……나무에 매달린 흑인 시체를 과일에 비유한 거예요. 가사가 섬뜩하지 않아요?"

"그보다 당신 다리가 더 섬뜩해. 앞으로 흰 스타킹은 신지 말아줘. 시체 같다구."

여진은 내 말에 코웃음을 치며 담배를 꺼내 불을 붙인다.

"그놈의 담배도 좀 그만 피우고."

"이봐요, 아저씨. 남편이라도 된 것처럼 굴지 말아요. 몇 번 잤다고 해서 우리 관계가 달라지는 건 아니니까."

여진은 담배를 한 모금 들이키더니 눈을 반쯤 내려 뜬 채 내쪽을 향해 연기를 내뿜는다. 그녀의 말을 듣고 보니 한 편으로는 나란 인간이 우스워지기도 한다. 이게 대체 무슨 짓이람. 아내와의 어그러진 관계에 대해 아무런 조처도 하지 못하면서 엉뚱한 여자에게 남편 노릇이라니. 나는 무안함과 자괴감을 감추기 위해 며칠 끊었던 담배를 다시 입에 문다. 여진은 그런 나를 보더니 깔깔대며 웃는다.

"그래, 그 흑인이 왜 죽었다고 했지?"

이제는 그 노래 쪽으로 화제를 돌리는 수밖에 없다. 여전히 재즈에 대한 관심은 생기지 않았지만.

"이유가 어디 있겠어요? 그냥 흑인이니까 죽은 거지. 꼭 죄가 있어야 돌을 맞는 건 아니잖아요."

여진은 뭘 그런 당연한 걸 묻냐는 듯한 말투로 대답하며 자동차에 시동을 걸고 음악의 볼륨을 높인다. 무기력한 음성의 노래로 인해 그녀와 나 사이의 의사소통은 차단된다. 헤드라이트는 어둡던 시야를 밝게 하지만 그녀와 내가 앉아 있는 차내는 여전히 어둡기만 하다.

여진과의 관계는 요즘 내 상황에서 절실한 것이었으나 자동차의 헤드라이트가 그렇듯 그녀와의 만남 역시 나의 내부를 밝게 해 주지는 못했다. 모든 것은 겉돌았고 그녀와 만나는 횟수가 늘어 갈수록 더 괴로워졌다.

여진은 왼손 검지와 중지 사이에 끼워져 있던 담배를 차창 밖으로 내던진다. 그런 행동이 거슬리지만 그냥 고개를 돌리고 만다. 나는 그녀의 남편이 아닌 것이다.

아내는 언제부터인가 내게 등을 돌리고 자기 시작했다. 처음에는 어디가 아파서 그런 것이라고 생각했는데 그건 아닌 모양이었다. 정확한 이유도 모른 채 그렇게 나는, 아내가 정신적 슬럼프에서 벗어나기만을 기다리고 있었다. 그러나 아내는 좀처럼 돌아올 기미를 보이지 않았다. 오히려 시간이 갈수록 우리 사이엔 더 높은 벽이 쌓이고 있는 것만 같았다.

　나는 이제 40대 초입에 들어선 나이였다. 그런 아내의 태도를 참고 기다리기엔 내 몸이 너무 젊었다. 더구나 우리 부부의 방과 벽 하나를 사이에 두고 있는 성재와 민우의 방에서는 간간이 포르노 영화의 교성 같은 것이 들려와 나를 고문하다시피 했다. 워낙 방음이 되지 않는 집이라 밤에는 작은 소리마저 벽으로 새어 들어왔던 것인데, 그렇다고 해서 젊은 청년들의 욕구 해결 방식을 탓할 수는 없는 일이었다. 문제는 옆방에서 들려오는 소리를 무신경하게 들어넘길 수 없는 아내와 나의 육체적 욕망과, 그럼에도 서로 등을 돌린 채 자는 척할 수밖에 없는 정신적 거리감 사이의 괴리였다. 고르지 못한 서로의 숨소리를 애써 모른 척하다가 몸을 돌려 슬쩍 아내의 몸으로 손을 갖다 대보기도 하였지만 아내는 내 손을 차갑게 뿌리치며 더욱 견고하게 등을 돌려 댈 뿐이었다. 대체 우리 사이에 무엇이 잘못되었던 것일까. 어디서부터 우리의 관계가 꼬이기 시작한 것일까. 나는 어쩔 수 없이 참회하는 마음으로 곤두선 욕구를 누그러뜨려야만 했다. 성재와 민우는 그렇게 나를 곤혹스럽게 만든 다음 날 아침에도 여느 때처럼 밝게 인사를 해 왔다. 공연히 머쓱해지는 쪽은 오히려 나였다.

그들이 우리 집에 세 들어온 것은 작년 여름이었다. 그해 봄, 모시고 살던 장모님이 노환으로 돌아가시자 아내는 허전함을 채우고 싶었던지 문간방을 세놓자고 했다. 나로서도 반대할 이유는 없었기에 우리는 곧 부동산에 방을 내놓았다. 당시 시세보다 조금 싸게 내놓았지만 워낙 구석진 동네인데다가 집도 오래된 편이어서 그런지 세입자는 쉽게 나타나지 않았다. 방을 내놓은 지 한 달 만에 젊은 부부가 계약을 하러 왔는데 어린아이가 있어서 시끄러울 것 같다는 이유로 아내가 마다했다. 내가 보기에 젊은 부부의 아이는 아무 때나 빽빽 울어 댈 정도의 어린애는 아닌 것 같았지만 그냥 아내의 말에 따르기로 했다. 5년 동안 아이를 갖지 못한 아내로서는 남의 아이를 옆에 두고 보는 것만 해도 고역일 수 있을 터였다.

그 후로 두 달이 지나도록 세를 들어오겠다는 사람이 없어 거의 포기하고 있을 때, 과일 박스가 담긴 트럭을 몰고 성재와 민우가 왔다. 성재는 단단해 보이는 체격에 검게 그을은 살결이 건강해 보였고, 민우는 얼굴선이 날렵하고 이목구비가 균형 잡혀 있어 젊은 여자애들이 좋아할 만한 타입이었다.

그들은 이른 새벽부터 일어나 트럭을 몰고 나갔는데, 장사를 하다가 조금 흠집이 난 과일이 있으면 저녁때 우리 집에 갖다 주곤 했다. 과일도 과일이지만 무엇보다 장모님이 돌아가신 후 줄곧 어둡기만 했던 아내의 표정이 그 청년들로 인해 조금이나마 밝아진 것이 나로서는 다행스러운 일이었다.

"늦었네요."

아내는 방문을 열고 들어오는 나를 무심히 보더니 다시 TV로 눈을 돌린다. 화면에서는 홈쇼핑 광고가 한창이다.

"조개구이집에서 술 한잔하느라고."

"동주 씨랑요?"

나는 외투를 벗다가 잠시 멈칫한다. 아내가 내 말에 이렇게 반응을 보이는 것이 얼마만인지 모르겠다. 이제 그 슬럼프에서 좀 벗어날 조짐을 보이는 것일까. 아내의 표정에는 여전히 웃음기를 찾아볼 수 없지만 그간의 심리적 거리감으로 따지자면 지금의 저 무표정이 당연한 것일지도 모른다. 나는 애써 태연한 척한다.

"집에 오는 길에 잠깐 들렀는데 손님도 없고 해서 모처럼 한잔했어."

"무슨 이야기 했어요?"

아내가 내게 하고 싶은 말이 고작 이런 것일까. 아내는 나와 동주가 무슨 이야기를 했는지 정말 궁금한 것일까.

이른 시간이어선지 동주네 가게에 들어섰을 땐 손님이 한 테이블 밖에 없었다. 언제나 립스틱 라인을 넓게 그리는 그의 아내가 어색한 입술을 움직여 인사했다. 동주는 카운터 안쪽에서 컴퓨터로 바둑을 두고 있었다.

"손님이 들어오는데 인사도 안 하냐."

"손님은 무슨."

동주와 나는 고등학교와 대학을 함께 다닌 동창이었다. 대학 졸업 후 바로 유통업에 함께 손을 댔다가 실패한 불운의 동업자이기도 했다. 그 후 동주는 빚을 내서 작은 음식점을 차리더니 점점 규모를 키워서 지금의 조개구이집까지 경영하게 되었다. 한 번의 실패에 좌절한 후 그냥 안전한 직장을 택해 버린 나와는 달리 개척 정신이 대단한 녀석이었다.

"오랜만에 어쩐 일이야?"

"친구한테 오는데 꼭 무슨 일이 있어야 되냐?"

"네놈 분위기가 심상치 않아서 그런다. 일단 술부터 한잔 마시자."

아내와의 냉전과 여진에 관한 것을 동주에게 이야기해도 괜찮을지는 확신이 들지 않았다. 그러나 어쨌든 그 문제가 괴로워서 찾아온 것만은 분명했다. 내가 여자 문제나 부부관계 문제로 동주에게 상의를 하게 될 줄이야. 이런 종류의 일을 벌이는 쪽은 언제나 동주였지 내가 아니었다. 나는 그런 일로 동주가 찾아올 때마다 술친구가 되어 주었고 한 번도 엇길을 가 본적이 없는 모범답안식 인생의 전형으로 그에게 조언을 해 주었다. 동주는 일탈의 여지가 없는 나의 말을 고리타분해하는 듯했지만 결국은 그것이 현실적인 최선책이라는 것을 알고는 마지못해 수긍하며 따라오곤 했다. 그런데 이렇게 입장이 바뀌어 버린 처지에서 나는 무엇을 말해야 하고 동주는 뭐라고 반응할 것인가.

"너 연애하냐?"

술을 몇 잔 마시고도 내가 본론을 꺼내지 못한 채 머뭇거리자, 동주는 대충 짐작이 간다는 듯한 말투로 그렇게 물어 왔다.

"연애라고 하기엔 좀 그렇고."

"연애라고 하기엔 좀 그렇다? 뭐가 있긴 있네."

동주는 셔츠 주머니에서 담배를 꺼내 물고 나에게도 권했다. 나는 손을 저어 거절하고 주머니에 있는 라이터를 꺼내 그에게 불을 붙여 주었다. 탁자 위에 라이터를 내려놓자 동주는 특이한 모양에 눈길이 갔는지 그걸 집어 들어 손가락으로 쓸어 보았다. 남자의 성기 모양을 정확하게 본뜬 청동 라이터였다. 여진의 차안에서 담뱃불을 붙이고 그냥 주머니에 넣어 버린 모양이었다.

"만나는 여자가 있긴 해."

내가 말문을 트자 동주는 회심의 미소를 지으며 고개를 까닥거렸다.

"사귀는 여자는 있는데, 연애는 아니다?"

"그 여자에게 별다른 감정은 없어. 솔직히 말해서 몇 번 잔 것뿐이야. 그쪽도 나에 관해선 그렇게 생각하고 있어. 그런데 문제는⋯⋯."

나는 말을 더 잇지 못하고 동주의 담뱃갑에서 담배 한 개비를 꺼냈다. 삶에서 굴곡이 사라지지 않는 한, 담배 끊기는 아마도 불가능할 듯했다.

"문제는 아내와의 관계야. 잠자리를 함께하지 않은 게 벌써 몇 달 쩬지 몰라. 내가 아무리 노력해도 아내는 반응이 없어. 이제는 아예 대화마저 끊긴 상황이라구. 그 여자를 만나기 시작한 것도 실은 아내하고 이렇게 되면서부터야."

"그런데 이유는 모르겠단 말이지?"

동주는 철판 위의 조개를 젓가락으로 집으며 무표정하게 말했다.

"모르겠어."

내가 듣기에도 내 목소리는 침통했다. 동주가 어떤 충고를 해올지 내심 궁금했지만 내 기대와는 달리 그는 무심히 대답했다.

"그런 문제라면 내게 이야기할 바가 아닌 것 같다. 그건 내 전공이 아니야. 나도 내 와이프하고의 갈등을 해결 못 하는데 너에게 무슨 말을 할 수 있겠냐."

나는 더 이상 아내 이야기를 꺼낼 수가 없었다. 술과 안주를 대충 다 먹을 때까지 동주는 가게 경영에 관한 이야기를 했고 나는 직장 일에 대한 이야기를 했다. 그러나 이미 그 대화 속에는 아무런 의미도 담겨 있지 않았다.

동주와 무슨 이야기를 했느냐고 물은 아내는 잠시 동안 대답을 기다리는 듯하더니 내가 입을 열지 않자 다시 TV 화면으로 고개를 돌린다. 여전히 아내의 마음은 굳게 닫혀 있다. 대체 어디서 꼬인 건지, 아내의 의중이 무엇인지 나는 알 수 없다.

"그냥 일 이야기 했지, 뭐. 요즘 장사가 잘 안 되나 봐."

끊긴 대화를 다시 이어 볼까 싶어 늦은 대답이나마 해 보지만, 아내는 TV에서 눈을 떼지 않는다. 갑자기 술기운이 확 오르는 것 같다. 이런 답답함, 도저히 견딜 수가 없다. 도대체 몇 달 짼가. 나는 충동심에 휩싸인 채 아내의 몸을 붙잡아 침대에 억지로 눕힌다. 멍하니 내 얼굴만 쳐다보던 아내는, 내가 바지를 끌어내리자 두 손으로 나를 밀쳐 내려 한다. 나는 양 손으로 아내의 두 팔을 누른다. 이리저리 비틀어 대는 아내의 몸에 억지로 내 몸을 밀어 넣으니 그제야 아내는 자포자기한 듯이 움직이지 않는다. 아내의 몸은 마른 나뭇가지처럼 굳어 있다.

"웃어 봐! 제발 좀 웃어 보란 말이야!"

아내는 경멸하는 듯한 눈빛으로 나를 본다. 몸은 더욱 메마르고 차가워져 간다. 더 이상 움직일 수 없을 만큼 힘이 빠진다. 아내는 내 몸을 밀치고 돌아눕는다.

"대체 왜 이러는 거야!"

우리 둘 사이의 침묵 속으로 내가 소리친 말마디가 떠도는 듯하다. 갈증이 난다.

아내는 오늘도 TV를 보고 있다. 어제의 일 때문인지 이젠 집에 들어서는 내게 다녀왔느냐는 인사조차 하지 않는다.

"괜찮아?"

아내는 여전히 아무 말이 없다. TV에서 눈을 떼지도 않는다. 하기야 내가 물어 놓고도 한심하다. 지금 이 상황에서 뭐가 괜찮겠는가. 나는 코트를 벗고 아내의 화장대 의자에 걸터앉는다. 고요한 가운데 TV 드라마의 주인공 여자가 훌쩍이는 소리만 들려온다. 나는 TV에 애써 골몰하고 있는 듯한 아내의 모습을 바라보다가 화장대로 눈을 돌린다. 투명 유리로 된 진열대는 먼지 하나 없이 깨끗하다. 모서리에 나사 조임이 있는 틈새까지도. 아내에게 하루에도 몇 번씩 집 안을 쓸고 닦는 버릇이 있다는 건 익히 알고 있다. 그런데 이렇게 티끌 하나 없이 닦인 가구를 가만히 보고 있으려니 어쩐지 애달픈 마음마저 든다. 몰두할 대상이 이런 가구나 TV밖에 없었을까. 아이가 있다면 달랐을까. 어쩌면 우리 사이의 문제는 아이가 없기 때문일지도 모른다는 생각이 든다. 그러나 원인이 그렇다고 한들 어찌할 도리는 없다. 아이 문제로 병원에 가 보았을 때에도 우리 둘 다 겉으로 드러나는 문제는 없다고 했던 것이다.

나는 방 안을 휘둘러본다. 한 치의 어긋남도 없이 깔끔하게 정돈된 방. 이 방에서 정돈되지 않은 혼란은 오직 우리 둘의 관계뿐인가. 차라리 방이 엉망인 편이 나을 것 같다. 그러면 우리의 흐트러진 관계도, 헤집어진 마음도 그리 도드라져 보이진 않을 텐데.

집에 오기 전 잠시 들렀던 여진의 방은 그야말로 발 디딜 틈이 없었다. 여진은 내가 회사에서 내내 뭐 씹은 표정이었다며, 기분을 풀어 주겠다고 나를 오피스텔로 데려갔다. 여진과 관계를 가진 지 석 달이 가까워지도록 그녀가 나를 자기 방에 데려간 것은 오늘이 처음이었다. 내 얼굴이 그만큼 심각하긴 했던 모양이었다.

"나 원래 치우는 거 싫어하니까 집이 좀 지저분하더라도 놀라지 말아요."

문을 열기 전 그녀가 경고를 하긴 했으나 막상 집 안에 발을 들여 놓은 나는 아연실색할 수밖에 없었다. 침대 커버는 모서리가 벗겨져 있었고 이불은 몸이 빠져나온 모양 그대로였다. 싱크대에는 씻지 않은 그릇이 가득 쌓여 있었고 바닥에는 몸체를 잃은 화장품 뚜껑이 돌아다녔으며 군데군데 휴지 뭉치도 그냥 버려져 있었다. 어떻게 할 바를 모르고 서 있는 내게 여진은 식탁 의자를 빼내어 주며 앉게 했다.

"놀라지 말라고 했잖아요."

"아무리 혼자 산다지만 이건 좀 심한 거 아냐?"

여진은 내 잔소리에 피식 웃었고, 나는 어이가 없어서 웃고 말았다.

그러나 처음 발을 들여놓았을 때의 당황스러움은 차츰 사라지고 나는 금세 여진의 방에 편안함을 느끼기 시작했다. 돼지우리 같은 지저분한 공간에서 그런 편안함이라니, 이상한 일이었다. 그녀와 나의 부도덕한 관계가 그 난잡한 배경에 묻혀 버려서였을까. 나는 그 복잡한 방의 한가운데에서 모든 걸 잊고 여진에게 몰두했다. 이런 무념의 상태가 얼마만이었던가. 내 움직임의 속도만큼이나 빠르게, 고통스런 현실로부터 멀어져 가는 것 같았다.

"참, 내 차에 있던 라이터 당신이 가져갔죠?"

여진이 이불 속에서 빠져나가 담배를 꺼내며 물었다.

"코트 주머니에 있을 거야."

여진은 담배를 입에 물고 옷걸이에 있던 내 코트를 뒤졌다. 알몸으로 서 있는 그녀의 옆모습이 문득 낯설어졌다.

"없잖아요."

"잃어버렸나?"

"찾아서 갖다 줘요. 내가 얼마나 아끼는 건데."

"노처녀가 갖고 다니기엔 너무 노골적이지 않아? 불포화된 성욕을 표시하고 다니는 것 같다구."

"후후, 귀엽잖아요."

"그래? 그렇담 내게 있는 실물은 어때?"

"나쁠 건 없죠."

그렇게 해서 여진은 담배를 다 피운 다음 또 한 번 내게로 안겨 왔다. 집에서 혼자 우울함을 견디고 있을 아내를 떠올리니 죄책감이 들기도 하였지만 여진의 어지러운 방 속에서 아주 오랫동안 움직이니 그런 생각은 곧 사라졌다. 어그러짐의 크기가 커질수록, 여진과 만나는 횟수가 늘어 갈수록 죄책감은 줄었다. 이젠 아예 무감각해지는 것 같았다.

아내는 내가 이불 속에 들어가니 비로소 TV에서 눈을 떼고 돌아눕는다. 이제는, 씻지 않고 누운 것에 대한 잔소리조차도 없다. 화면에서 나오는 불빛은 방 안을 희미하게 밝히고, 그렇게 밝혀진 방의 모습은 기이한 느낌이 들 정도로 단정하다. 문 득 몸이 오싹해지고 목이 칼칼하다. 내가 먼저 아내의 마음을 보듬어 주어야 하는 게 아닐까 싶지만 그냥 돌아눕는다. 모든 게 너무 피곤하다.

 여진이 커피를 갖다 주며 내 책상 위에 걸터 앉아 손바닥을 내민다. 사장을 제외한 네 명의 직원 중에 두 명은 마침 외근 중 이다.

 "저리 비켜. 사장님 나오시면 어쩌려고 그래?"

 "아침에 전화 왔는데 급한 출장이래요. 알다시피 외근 나간 두 명은 다섯 시나 돼야 오잖아요. 지금 사무실엔 아무도 들어 오지 않는다구요."

 사무실 시계는 이제 막 세 시를 지나고 있다. 나는 뻐근한 목 덜미를 문지르며 여진을 본다.

 "그 손바닥은 뭐야? 커피값 달라고?"

 "내 라이터."

 "찾아본다는 걸 깜빡했어."

 "그럼 실물이라도 주던가."

 여진은 입언저리를 빙글거리며 농을 치고 있다. 나는 그런 여 진의 얼굴을 외면한 채 커피를 한 모금 마신다.

"미안하지만 나 지금 농담할 기분이 아냐. 몸이 너무 안 좋아."

"아침에 머리 아프다고 하더니 진짜 많이 아픈 모양이네. 어디 봐요, 열은 없는 것 같은데. 지금 별로 바쁜 일 없으니까 많이 아프면 집에 가서 쉬어요. 사장님 전화 오면 내가 알아서 잘 말할게요."

"그래 주겠어?"

몸까지 오슬오슬 떨리고 쑤시는 걸 보니 아무래도 몸살 기운이 심하게 든 모양이다. 나는 커피를 마저 마시고 자리를 정돈한다. 여진은 팔짱을 낀 채 그런 나를 가만히 바라보더니 가벼운 한숨을 내쉰다.

"당신이란 사람, 정말 미련할 정도로 많이 참는 거 알아요? 조퇴할 정도로 아프면서 왜 먼저 말 안 하고 내가 말해 줄 때까지 참고 있어요? 가끔씩 당신 이런 모습 보면 나에게도 뭔가 이렇게 참고 있을까 싶어서 신경 쓰인다구요."

아내와의 관계도 내가 말 없이 참고 기다렸기 때문에 더 악화된 것일까. 그렇다면 내가 먼저 진지하게 이야기를 시작했어야 했나. 나는 나대로 어느 정도 희생하는 마음으로 참고 기다리지만, 여진의 말대로 그건 상대방을 신경 쓰이게만 하는 일일지도 모른다. 미련하기 짝이 없는 짓일지도 모른다. 몸이 좀 괜찮아지면 아무래도 아내를 붙잡고 이야기를 해 보아야 할 것 같다.

검은색 페인트가 군데군데 벗겨져 녹이 슬어 있는 우리 집 대문 근처에 다다르자 벽 쪽에 놓여 있는 어떤 물체가 보인다. 가까이 다가가서 보니 며칠 전 성재와 민우가 안고 가던 고양이가 쓰러져 있다.

그날 동주와의 술자리를 접고 가게 문 앞에서 인사를 나눌 때 마침 성재와 민우가 우리 앞을 지나갔었다. 동주가 부르자 그들은 금방 우리를 알아보고 인사를 하며 걸어왔다.

"웬 고양이?"

동주는 민우에게 안겨 있는 고양이를 가리켰다. 고양이는 동주의 손가락질에 겁 먹었는지 몸을 작게 움츠렸다.

"다리 한 짝이 못 쓰게 되었는지 제대로 걷지도 못하는 녀석인데 동네 꼬마들이 돌을 던지고 있더라구요. 집에서 밥이라도 먹이려고 데려가는 중입니다."

"복 받겠네."

두 청년은 동주의 칭찬에 쑥스러운 듯 머리를 긁적였다. 민우의 품에 안겨 있는 얼룩무늬의 고양이는 여전히 사방을 경계하는 듯한 눈초리로 안절부절못하고 있었다. 자세히 보니 성재의 말대로 등 쪽에 돌로 맞은 상처가 나 있었다. 다리를 저는 고양이가 아이들에게는 단죄해야 할 대상으로 여겨졌을까. 그토록

잔인한 인간의 배타적 본성에 잠시 소름이 돋았다.

"일 마치고 술 한 잔 하려거든 언제든지 오라구. 술은 내가 살 테니까. 사귀는 아가씨 있으면 같이 와도 환영이야."

확실히 동주는 사람들과 쉽게 친해지는 기질이 있었다. 그런 성격이 개인 사업가로서 지녀야 할 필수 조건이라면 나는 사업가가 되기엔 영 글러먹었던 모양이다. 성재와 민우가 우리 집에 세를 산 지도 벌써 일 년 반이 되었지만 나는 동주처럼 이렇게 언제 술이나 한 잔 하자는 등의 기약 없는 인사말조차 건넨 적이 없었으니 말이다. 마음으로야 참 괜찮은 청년들이라고 생각하고 있었지만 그걸 말로 표현해 본 적도 없었다. 그저 그들이 인사를 건네 오면 나도 답인사를 건네거나, 과일을 받고서 고마움을 표시하는 정도였다.

아내는 언젠가 나에게, 어떻게 당신과 동주 씨 같은 사람이 서로 친구가 되었느냐고 물은 적이 있었다. 아마 올해 초 동주가 조개구이집을 오픈했을 때 대학 동창들끼리 부부동반으로 모였던 자리에서였을 것이다. 그날은 물론 동주가 주인공이기도 했지만, 누가 주인공이든 간에 그런 자리에서는 여지없이 자신에게 사람들의 이목을 집중시킬 수 있는 능력을 갖고 있었다. 아내 역시 그의 농기 어린 이야기에 배를 잡고 웃었고 집으로 돌아오는 길에 내게 그런 말을 했던 것 같다. 그때만 해도 아내와 나의 사이가 지금처럼 이렇지는 않았다.

청년들은 고양이에게 밥을 먹이고 다시 돌려보냈다고 했었다. 그런데 또 아이들이 던진 돌에 맞았는지, 곳곳에 상처를 입은 채 우리 집 앞에 쓰러져 있는 것이다. 발로 툭 건드려 보았지만 움직임이 없다. 기형적으로 짧은 한쪽 다리와 상처투성이의 몸뚱아리가 가엾게 여겨졌으나 지금은 고양이 시체나 거둘 상황이 아니다. 몸살 기운이 점점 심해지는 것 같다.

바람에 닫히지 않도록 돌로 받쳐 둔 대문을 지나 마당을 가로지른다. 마당이래 봐야 우리가 그렇게 부르는 것일 뿐 기껏해야 한 평도 안 될 화단의 오래된 꽃나무를 한 그루 포함하여 약 서너 평 정도인 시멘트 바닥이 전부다. 대문에서 들어와 왼쪽으로 첫 번째 창문이 있는 방이 성재와 민우가 묵고 있는 방이고 두 번째로 보이는 창문은 우리 부부의 안방이다.

창문이 있는 벽을 돌아 우리 집 현관문 쪽으로 가려는데 희미하게 사람 울음소리 같은 것이 들린다. 어디에서 나는 소린가 싶어 발을 멈추고 가만히 귀를 기울인다. 내 뒤편에서 흐느껴 우는 소리가 들려오는 것 같다. 청년들의 방에서 나는 소리일까. 집 앞 공터에 트럭이 없었던 걸 보면 청년들은 아직 돌아오지 않은 모양인데……. 나는 뒤돌아서 성재와 민우의 방문 쪽을 본다. 문은 바깥에서 잠겨 있다. 그렇다면 그 울음소리는 아내의 것이란 말인가. 아내는 나와 결혼한 후로 장모님이 돌아가셨을 때를 빼고는 한 번도 운 적이 없었던 사람이다. 나는 성급히 되돌아 나와 우리 집 창문 쪽으로 다가가 창가에 귀를 갖다 댄다. 오슬오슬 떨리던 몸에 갑자기 찬물을 한 바가지 끼얹는 것 같다. 흐느끼는 듯한 울음소리는 아내의 교성이었던 것이다. 내가 석 달 동안 한 번도 들어 본 적이 없었던 아내의 신음소리. 나는 조용히 되돌아 나온다. 참을 수 없는 통증이 몸 곳곳에서 느껴진다. 약간의 어지럼증마저 생긴다. 비틀거리며 대문밖으로 나오니 고양이의 꼬리가 발에 밟힌다. 지저분한 털, 피투성이의 상처, 기형의 다리, 소름이 끼친다. 나는 뻣뻣하게 굳은 고양이를 발로 세게 걷어차고는 빠르게 발걸음을 옮긴다.

여진은 나를 보더니 휘둥그레진 눈으로 뛰어온다. 집에서 나온 뒤 여진의 오피스텔 앞 벤치에 쭉 앉아 있었다.
"집에 아내도 없고 열쇠도 없어서 그냥 이리로 왔어."
나는 집 안에 들어서서야 겨우 입을 뗀다. 밖에 앉아 있을 때는 너무 깊이 생각에 빠져 있어서 추운 줄도 몰랐는데 따뜻한 방에 들어오니 비로소 온몸이 녹아내릴 듯하다.
"그럼 회사로 오든지 전화를 하든지 할 것이지 이게 뭐예요? 몸도 안 좋은 사람이 밖에서 꽁꽁 얼어가지고."

"얼마 안 있었어. 괜찮아."

여진이 끓여 준 스프를 먹고 침대에 누워 있으니 그녀가 와서 내 몸을 감싸 안는다. 긴장해 있던 근육들이 그제야 풀리며 다시 몸 곳곳이 쑤셔 온다. 하지만 따뜻하다.

"만약에 말야, 내 아내가 다른 남자와 잤다면 어떻게 해야 할까?"

여진은 웬 뚱딴지같은 질문이냐는 표정으로 어깨를 으쓱하더니 별로 고민하는 기색 없이 대답한다.

"어떻게 하긴요. 그냥 모른 척하는 거지. 당신도 지금 다른 여자랑 있잖아요."

"……"

"다들 그렇게 살아요. 알고도 모른 척."

"그런…… 건가?"

사실 어떻게 생각해 보면 아내의 외도라는 것이 별것 아닐 수도 있다. 내가 부부관계의 문제로 여진과 만나기 시작했듯이 아내도 그런 건지도 모른다. 내가 여진과의 관계를 금방 정리할 자신이 있듯 아내 역시 그런 마음일지 모른다. 그러나 이런 나의 이성적 판단과는 달리 가슴속에 있는 또 다른 감정의 나는 자꾸만 고개를 가로젓는다.

"당신 설마 남자의 외도는 괜찮지만 여자의 외도는 안 된다는 둥 뭐 그런 케케묵은 생각을 하고 있는 건 아니겠죠?"

"아아, 모르겠어. 그냥 머리가 아픈 거야."

여진의 품을 파고들자 그녀는 웃으며 내 머리카락을 쓰다듬는다. 잠에 푹 빠져 버리고 싶은데 정신은 말똥말똥하다. 잡다한 생각들만 머릿속을 파고들어 두통을 자아낸다.

다시 돌아간 집 앞 골목의 공터에는 내 몸의 열꽃만큼이나 뜨거워 보이는 불꽃이 타오르고 있다. 잘못 보았나 싶어 다시 눈을 감았다 떠 보지만 분명한 불꽃이다. 좀 더 가까이 가 보니 불길 뒤로 동네 사람들 몇이 팔짱을 끼고 둘러서 있다. 그 무리들 중 하나가 나를 발견하고 손짓을 한다. 동주다. 그 옆엔 내 아내가 외투를 걸친 채 서 있다. 아내에게 다가갔지만 무표정한 얼굴로 불길만 보고 있다.

"뭐 하는 거야?"

나는 동주 옆으로 가서 묻는다. 아내는 여전히 아무런 감정이 담기지 않은 얼굴로 나를 한 번 보고는 다시 고개를 돌린다. 아내는 아무런 변화가 없다. 낮에 있었던 일이 전부 꿈을 꾸었던 것인 양 희미하게 흐려진다. 동주는 피우고 있던 담배를 불길 속에 던져 넣고 침을 칵 뱉는다.

"그 새끼들, 게이였어."

"그 새끼들이라니?"

동주는 입에 올리기도 더럽다는 듯이 다시 한 번 침을 뱉으며 말을 잇는다.

"너희 집에서 세 살던 놈들 말이야. 어쩐지 사내놈들이 뭐 하나가 없어 보이더라니…… 제수씨가 창문으로 그 새끼들 얽혀 있는 걸 보고 놀라서 전화했더라. 너한테는 아무리 해도 연락이 안 되더래. 내가 방문을 열어젖힐 때까지도 그놈들 그러고 있었어. 동네 사람들 몇 명 불러 모으니까 저희들이 알아서 트럭에 짐 싣고 떠나더라. 방 안에 남은 것 다 들어내서 태우는 거다."

동주가 긴 각목으로 불길 속을 툭툭 치자 그 속에서 타던 앉은뱅이 책상이 우지끈 소리를 내며 부서지고 그 틈에 있던 작은 불씨가 날려 온다. 이상하게도 동주의 말이 그리 충격적이지는 않다. 낮에 받은 충격이 워낙 커서 상대적으로 작아 보이는 것일까. 그동안의 성재와 민우의 행동들이 기억 속을 스쳐 지나간다. 과일을 팔던 확성기 목소리, 동네 사람들에게 칭찬이 자자할 정도로 성실하고 순박했던 모습, 그리고 다친 고양이를 안고 가던 며칠 전날 밤……. 동주는 내게 각목을 쥐어 준다. 나는 각목을 받아 들고 불길 속을 힘차게 내리친다. 신발장이었던 듯한 가구가 불길 속으로 내려앉는다.

주변을 둘러싸고 있는 예닐곱 명의 동네 사람들은 저마다 소근소근 이야기를 하고 있다. 문득, 그들이 씹어 대고 있는 것은 성재와 민우일 테지만 불 속에서 타고 있는 것은 자신들의 뒤틀린 일상이 아닌가 하는 생각이 든다. 나를 비롯하여 모두들, 자기를 대신해 불 속에 뛰어들어 줄 누군가를 기다리고 있었던 것이다. 이렇게 무언가를 밟고 불태우고, 그럼으로써 조잡하게 뒤틀린 일상을 재생시키고, 그렇게 살아가고들 있는 것이다.

나는 다시 한 번 각목을 내리친다. 이제 마지막 남은 부분까지 완전히 부서지며 그야말로 장작더미처럼 활활 타기 시작한다. 이상하게도 내 몸의 신열이 다 식는 듯하다. 몸살 기운까지 싹 사라진 것처럼 몸이 가벼워진다. 나는 각목을 아내에게 건네준다. 아내는 무심한 표정으로 나를 보더니 그것을 불길 속에 던져 버린다. 장작더미에 각목 하나가 더 얹혀 불길은 더욱 활활 타오른다.

아내는 씻기 위해 욕실로 가고, 먼저 씻었던 나는 잠옷을 입고 침대에 눕는다. 이곳에서 다른 누군가가 아내와 함께 살을 부비고 있었을 것을 생각하니 갑자기 온몸에 쥐가 나는 것 같다.

몸을 외로 틀어 구부리는데 엉덩이에 걸리적거리는 것이 있다. 이불 속에 손을 넣어 그 걸리적거리는 물체를 꺼낸다. 여진의 청동 라이터다. 문득 동주네 가게에서 이 라이터로 동주에게

담뱃불을 붙여 주었던 기억이 난다. 그리고…… 눈앞이 아득해
진다.

아내가 방문을 열고 들어온다. 나는 침대 옆 탁자 위에 라이
터를 올려 둔다. 아내는 불을 끄고 이불 속으로 들어온다. 늘 그
랬듯이 우리 사이엔 정적이 흐른다. 이제 옆방에서 들려올 소리
도 없다. 애써 잠을 청하는데 갑자기 아내가 그 정적을 깬다.

"오늘 아침에 병원에 다녀왔어요. 임신 3개월째래요……. 그
래서 내가 좀 예민했었나 봐요."

결혼한 지 5년이 지나도록 갖지 못했던 아이 소식, 그런데 왠
지 그 소식이 씁쓸하게 들려온다. 내 아이가 맞을까? 아내와 마
지막으로 관계를 맺은 게 언제였지? 아아, 이런 생각은 다 부질
없는 것일지도 모른다. 여진의 말대로, 이런 건 누구에게나 있
는 일이고 서로 눈치채고 있으면서도 모른 척 넘어가야 할 일일
지도 모른다.

"건강은 어떻대?"

"좋대요."

"뭐 먹고 싶은 거 있으면 언제든 말해."

"그럴게요."

아내의 뱃속에 있는 아이는 나의 아이일 수도, 동주의 아이일
수도, 또는 내가 전혀 알지 못하는 다른 남자의 아이일 수도 있

다. 그러나 그 모든 일들은 용서받을 수 있거나 모른 척 지나가게 될 것이다.

고개를 돌려 창을 보니 나뭇가지가 비친 그림자에 뭔가가 주렁주렁 매달려 있다. 잘못 본 것이겠지. 나는 이불 속으로 얼굴을 파묻는다. 피투성이의 고양이와, 떠나간 두 청년의 모습이 머릿속을 스쳐 지나간다. 갑자기 온몸이 불길 속에 휩싸인 듯 뜨거워진다. 이번 겨울엔 몸살을 심하게 앓을 것만 같다.

내 방에는
달팽이가
산다

꽉 끼는 청바지에 왼쪽 다리를 집어넣고 있을 때였다. 지나가는 자리에 투명한 점액을 남겨 놓으면서 옷장 문을 천천히 기어 올라가는 민달팽이 한 마리가 보였다. 나는 바지에 오른쪽 다리를 마저 끼워 넣으며 인상을 찌푸렸다.

지난가을 이후 보이지 않던 민달팽이가 또다시 내 방에 칩거하기 시작한 모양이다. 이년 전에 헐값으로 얻은 이 집은 산 바로 아래에 자리 잡은 데다가, 집터 바로 옆에는 하수도라고 해도 될 만큼 지저분한 개천이 흐르고 있어서 여름이 다가오기 시작하면 모기, 나방, 귀뚜라미 등 온갖 곤충들의 습격을 받곤 했다. 모기야 어디든 있을 테니 그렇다손 치더라도, 저녁때 즈음하여 집 안으로 날아 들어와서 눈에 보이지도 않는 미세한 가루를 흩뿌리는 나방이라든가, 옷장 문을 열 때 고무공처럼 튀어나와 여기저기 뛰어 다니는 귀뚜라미는 언제나 내 신경을 바짝 곤두서게 만들었다. 하지만 이들보다 더 끔찍하고, 나를 잠 못 들게 하는 것이 있었다. 바로 민달팽이였다.

달팽이는 3월이면 그 모습을 드러내기 시작했다. 특히 비가 오거나 습기 찬 날이면 어김없이 방으로 기어 들어와 나를 보고 있었다. 때로는 벽에 붙은 채로, 때로는 이불 위에서, 때로는 화장대에서……. 분명히 내 방까지는 열심히 기어 왔을 텐데 희한하게도 방 안에서는 꼼짝하지 않고 마치 나를 기다리듯 한자리에 가만히 있었다. 처음엔 그 조그만 것이 내 방까지 기어 온 게 깜찍해서 작은 유리병에 물과 함께 넣어 두고 길러도 봤으나, 이틀 후에 까맣게 타 죽은 걸 보고는 그 다음부턴 보이기만 하면 휴지로 집어서 갖다 버렸다. 하지만 그러한 나의 냉대에 말 없는 시위라도 하듯, 달팽이는 습기 찬 날만 되면 또다시 내 방 어딘가에 자리를 잡은 채 나를 바라보고 있었다.

나는 옷장 문에 붙어 있는 달팽이를 휴지로 집어서 창문 밖에다 던져 버렸다. 열린 창을 통해 따뜻한 빛이 쏟아져 들어왔다. 문득 게을러지고 싶은 마음이 밀려들면서 오늘의 일정이 귀찮아지기 시작했다. 봄날이고 일요일이지만, 좀 우중충한 기분이 들더라도 비가 왔더라면 좋을 뻔했다. 일요일마저 회사 사람들을 만나야 한다니, 지긋지긋한 일이다.

며칠 전 김 대리의 날씨 타령이 화근이었다.

"날씨는 좋은데, 주말에 할 일은 없고. 솔로의 비극이야, 비극."

언제나 말이 많은 김 대리는 그날따라 내 책상 앞을 얼쩡거리면서 말했다. 김 대리의 목소리는 나 혼자 듣기에는 너무 컸고, 사원들 간의 단합을 항상 강조하는 이 부장이 그 말을 그냥 넘길 리 없었다.

"그럼 단합대회 겸해서 다 같이 등산이나 한번 가는 게 어때?"

이 부장의 그 말에 김 대리는 "역시 우리 부장님은 뭐가 달라도 다르시단 말입니다." 하며 분위기를 띄웠다. 거기에 조 과장도 합세해서 등산 장소와 회식 장소를 정하느라 분주했다. 강실장과 박 실장은 그닥 내키지 않는 듯했으나 나와 마찬가지로 적당히 추임새를 넣으며 상사들의 기분을 맞췄다.

"저는 그날 일이 있는데요."

날짜와 시간이 정해지자 김선주가 불쑥 말했다. 순간 사람들의 표정이 급정거한 버스의 승객들처럼 바뀌었다. 조 과장은 손에 쥔 볼펜대를 책상에 딱딱 두드렸고 이 부장은 어깨를 으쓱했다. 두 상사의 제스처가 신호라도 되듯 김 대리가 입을 열었다.

"선주 씨, 참 눈치 없네. 그래가지고 사회생활 하겠어요?"

"그게 아니고……."

"됐어요. 주말인데 개인 사정이 있으면 참석 못할 수도 있지."

어느새 붉어진 김선주의 얼굴을 보며 이 부장이 너그러운 상사 노릇을 했다. 하지만 이미 그날 남은 시간의 주제는 산행이 아니라 눈치 없는 신입사원 김선주로 바뀌어 있었다.

애꿎은 봄 햇살만 탓하며 약속 장소에 도착하니 실장 둘과 김 대리가 먼저 와 있었다. 그들 사이에 끼어 자판기 커피를 한 잔 마시고 있는데 갑자기 김 대리가 "오오 –" 하며 감탄사를 길게 내뱉었다. 그의 눈길이 향한 쪽을 쳐다보니 몸에 딱 붙는 붉은 티셔츠와 청바지 차림의 김선주가 걸어오고 있었다. 가슴 쪽이 많이 파여 쳐다보기 민망할 정도였지만 그녀 스스로는 별로 신경 쓰지 않는 듯했다.

"못 올 것처럼 그러더니."

"일이 좀 있었는데 다른 사람한테 부탁했어요."

"안 추워요?"

"오늘 따뜻하잖아요."

박 실장은 등산에 어울리지 않는 김선주의 옷차림을 비꼬는 것이었는데 그녀는 마냥 밝게 웃었다. 회사에서도 늘 그랬다. 좋게 말하면 순진했고 솔직히 말하자면 좀 모자라 보일 정도로 눈치가 없었다. 부서 사람들은 그런 그녀를 심심풀이 삼아 놀려 먹거나 습관적으로 씹어 댔다. 나는 그들의 말을 거들진 않았지만 그렇다고 해서 김선주를 편들지도 않았다.

산을 오르는 대열에서 나는 김 대리와 나란히 걸었다. 그는 말하는 것에 지칠 줄을 모르는 사람이었다. 어제 본 쇼 프로 이야기며, 며칠 전 선을 봤는데 그 여자의 왼쪽 손이 오른쪽 손보다 1.5배쯤 크더라는 허풍스런 이야기며, 이 부장의 아들이 학교에서 사고 치고 다니는 이야기며……. 그가 말할 때마다 나는 적절한 응수를 해 주었지만 끊임없는 말들에 슬슬 지쳐 가고 있었다. 그런데 그가 갑자기 몸을 내 쪽으로 가까이 붙이며 목소리를 낮춰 말했다.

"혹시 선주 씨에 대한 소문 알아요?"

그의 말에 깃든 음험한 냄새와 금방이라도 서로 어깨가 닿을 듯이 가까워진 그의 몸에 나는 살짝 불쾌감을 느끼며 한발 옆으로 물러섰다. 그러거나 말거나 김 대리는 내게 속삭이듯이 말을 이었다.

"최 대리가 여자라서 이야기하기 좀 그렇긴 한데."

"그럼 안 하셔도 돼요."

"아니다, 그래도 이건 알고 있는 게 좋을 것 같네."

그는 어차피 말하고 싶어서 안달이 나 있었다. 내가 듣고 싶든 그렇지 않든 그건 그에게 중요한 문제가 아니었다.

"선주 씨가 사장님 이거래요."

김 대리는 내 앞쪽으로 새끼손가락을 살짝 들어 보이며 말
했다.

"뭐, 정확히 말하면 사장님의 여러 여자들 중 하나지. 워낙 능
력이 좋으시니까."

그는 혼잣말하듯 말을 잇고는 큭큭거렸다.

"그런 얘긴 대체 어디서 들어요?"

"나야 여기저기 정보통이 많잖아요. 근데 나는 처음에 이 이
야기 듣고 사장님도 이제 눈이 낮아지셨나 했거든. 솔직히 선주
씨가 예쁜 얼굴은 아니잖아. 근데 오늘 보니까 몸매가 좀 되네."

김 대리는 또다시 큭큭거리며 웃더니 이번엔 얼굴은 별로지
만 몸매가 좋은 여자 연예인에 대해 줄줄이 늘어놓기 시작했다.
이제 도무지 들어 주기가 힘들어서 이 사람을 어떻게 따돌리나
하고 있는데 10미터쯤 뒤에서 이 부장과 조 과장이 둘이 다정
해 보인다며 농을 걸어왔다. 나는 이때다 싶어 걸음을 멈췄다.

"남자분들끼리 먼저 올라가세요. 전 힘들어서 좀 쉬었다 갈
게요."

"우리가 괜히 분위기 깬 거 아냐?"

김 대리는 내가 가장 싫어하는 타입의 남자였지만, 상사들은
그와 내가 결혼 적령기를 넘긴 나이이고 싱글이라는 이유만으
로 이어 붙이길 좋아했다. 나는 못 들은 척하고 길옆에 보이는

바위에 걸터앉았다. 김 대리는 특유의 허풍스런 목소리와 과장된 웃음소리로 이 부장과 조 과장을 반기며 또 다른 이야기를 시작하는 듯했다. 분명 김선주에 대한 이야기도 빼놓지 않을 것이다. 김 대리의 말이 진실인지 아닌지는 알 수 없지만, 이것만은 분명하다. 어떤 비밀을 한 사람이 알고 있다면 결국 모든 사람이 알고 있는 것이나 마찬가지라는 사실 말이다.

사람들은 등산보다 그 뒤의 술자리에 더 관심이 있었던 모양이다. 1차로 고깃집에서 어지간히들 마셔 놓고도 모자랐는지, 몇몇 목소리 큰 사람들이 2차를 가자고 외쳐 댔다. 나는 1차가 파함과 동시에 슬며시 빠져나오려 했지만 김 대리에게 그만 덜미를 잡혀 버렸다. 그는 피곤해서 그만 가 봐야겠다는 내 말에 아랑곳하지 않고 손목을 잡아끌었다. 불쾌함이 불쑥 치솟았지만 술에 취해 얼굴이 벌건 저 사람과 맞서서 무엇하랴 싶어 그냥 자리에 앉아 있다가 눈치를 봐서 빠져나올 요량으로 술집에 들어갔다. 김선주가 이미 자리에 앉아 있길래 나는 얼른 그녀의 옆자리로 가서 앉았다.

"나중에 슬쩍 나갈 거니까 그냥 모른 척해요."

"무슨 일이 있으신가 봐요."

"그냥 좀 피곤해서."

"저도 빨리 가 봐야 하는데…… 최 대리님 가시고 조금 있다가 일어나면 될까요?"

"그건 선주 씨가 알아서 해요."

"주말에는 제가 아버지를 돌봐 드려야 하거든요. 오빠한테 부탁해놓고 왔는데 너무 늦게 가면 화낼 거예요."

그녀의 가정사를 알고 싶은 마음은 없었기에 나는 별다른 대꾸를 하지 않고 앉은 자리에서 엉덩이를 앞으로 약간 빼며 허름한 갈색 소파의 등받이에 몸을 기댔다. 그런데 그녀는 이런 나의 태도에는 신경도 쓰지 않고 계속 말을 이어 나갔다. 아버지가 몸이 많이 불편하며 평일에는 간병인이 오지만 주말에는 자신이 돌봐야 하고 어머니는 일찍 돌아가셨으며 오빠는 집에 잘 들어오지 않는다는 등의 이야기였다. 별로 듣고 싶지 않았지만 차마 얼굴을 돌리지 못한 것은 그녀가 너무 진지하고 간절한 눈빛을 하고서 말하고 있었기 때문이다. 그 눈빛은 타인에게 관심을 받고 싶어 하는, 무엇에 상처받거나 무언가가 결핍된 사람의 눈빛이었다. 그러나 나는 그녀의 눈빛을 애써 피하며 피곤한 듯 눈을 잠시 감았다. 이런 술자리에서 마음속 깊은 곳의 이야기를 들어 준다는 것이 나는 피로했다. 이미 인간관계라는 것에는 싫증이 나 있었다. 특히 어떤 방식으로든 내가 마음속을 내비쳐야 하는, 그리고 마음속의 이야기를 들어 주어야 하는 상대가 생긴다는 것은 절로 뒷걸음질 칠 만큼 꺼려지는 일이었다. 누군가와 가까워진다는 것은, 다시 멀어질까 하는 두려운 조바심을 가슴속에 새기는 일이다. 그만큼 또 신경을 곤두세워야 하고, 상대방의 일거수일투족에 의미를 두어야 하는 일이기도 하다. 내가 무언가를 해 줄 수 없음에 가슴 아파해야 하고, 나의 일도 아닌데 힘들어해야 한다. 정말이지 이제는 그러고 싶지 않다. 무엇하러, 맘 편히 지낼 수 있는 상황에서 스스로 벗어나겠느냐 말이다. 외로움만 가슴속 깊이 묻어 두면 될 일을.

"술이나 한잔해요."

나는 그녀의 더 깊은 이야기를 막기 위해 술을 권했다. 함께 잔을 들긴 했지만 나는 마시지 않았다.

어느 정도 분위기가 무르익을 때쯤 나는 슬쩍 자리에서 일어섰다. 봄이지만 밤공기는 꽤 차가웠다. 내일 아침엔 또 회사에 나가야 한다는 사실이 나를 가벼운 절망으로 빠뜨렸다. 나는 짧게 한숨을 내쉬었다. 알콜 내음이 섞인 내 입김이 서늘한 밤공기에 섞여 들어갔다.

점심식사 후 박 실장과 함께 자판기 앞에서 커피를 마시고 있는데 맞은편에서 김선주가 목례를 하고 지나갔다.

"최 대리님, 혹시 선주 씨 소문 아세요?"

박 실장이 목소리를 낮춰 물었다.

"뭐, 사장님하고 그렇고 그런 사이라는 이야기?"

"알고 계셨구나."

"그냥 헛소문일 거야. 전에 선주 씨한테 얼핏 듣자니 아버지가 편찮으셔서 주말엔 외출도 힘든 모양이던데."

"에이, 아니에요. 사장님 차 조수석에 앉아 있는 걸 누가 봤대요. 그리고 전에 다니던 회사에서도 걔 안 건드려 본 남자가 없대요."

"그건 누구한테 들었어?"

"강 실장한테요."

사람들이 제3자에 대해 이야기하는 것들은 믿을 만한 게 못 된다고 생각하는 쪽이다. 단편적인 정보에 살을 붙여 엉뚱하게 부풀려지는 이야기들, 퍼져 나가면서 더욱 진실과는 멀어지는 말들. 하지만 그런 이야기들이 오히려 힘은 강력했다. 일상이 지루할수록 사람들은 소문을 맹신했으며, 쉬지 않고 여기저기서 떠벌렸다.

커피를 마저 마시고 사무실에 들어가니 김 대리가 김선주 앞에서 얼쩡거리고 있었다.

"선주 씨, 어제 옷 스타일 좋던데…… 빨간 티셔츠. 근데 오늘은 영 아니네."

그의 말에 사람들이 킥킥거렸다. 김선주는 "그런가요?" 하며 자신이 입은 옷을 내려다보았다.

"선주 씨 혹시 사귀는 사람 있어요?"

그녀의 얼굴이 살짝 발그레해졌다.

"마른 남자 좋아해요? 아님 덩치 있는 남자?"

"그런 건 별로 상관없어요."

"선주 씨보다 나이 좀 많은 남자는 어때요?"

"그런 것도 별로 안 따지는데……."

"아하, 아무것도 안 따지는구나."

김 대리는 강 실장과 눈을 맞추며 의미심장한 웃음을 짓고는 자리로 돌아가서는 과장된 목소리로 푸념했다.

"아아, 세상은 참 불공평해. 누구는 애인 하나 없는데, 누구는 와이프도 있고 애인도 있고 엔조이도 있고."

"누가?"

"궁금하시면 술 한잔 사세요, 과장님."

조 과장은 김 대리를 귀엽다는 듯이 쳐다봤고, 강 실장과 박 실장은 김선주를 힐끔거렸다. 그녀는 김 대리의 말에 담긴 의미를 전혀 모르는 듯이 눈을 껌벅거리며 어색한 미소만 지었다. 나는 그녀에게서 눈을 떼고 컴퓨터에서 작업할 파일을 열었다.

월요일인데 벌써부터 모든 것이 피로하게 느껴졌다.

퇴근 후 밥도 제대로 먹지 않고 대충 씻고 누워 잠이 들었었는데 휴대폰 벨소리에 정신이 번쩍 들었다. 밖은 어두웠고 벽시계를 보니 여덟 시였다. 아침이 아니라는 사실에 안도하며 계속 울리고 있는 휴대폰을 보았다. 낯선 번호였다.

"네."

"저…… 최 대리님?"

수화기 건너편의 목소리는 조심스러웠다. 그리고 그 조심스러움에 덧붙여 실려 오는 어눌한 느낌의 말투. 김선주였다. 그런데 이 시간에 내게 무슨 용건이 있어 전화까지 한 걸까.

잠시 동안 내 쪽에서 아무 말이 없자 그녀는 여보세요, 여보세요, 하며 내 존재를 확인하려 들었다. 나는 짐짓 모른 척하며 대답했다.

"네, 전데요. 누구세요?"

그건 '내 삶에 개입하지 말아 줘'라는 거부의 뜻이 담겨 있는 말이었다. 상대방이 누군지 알면서도 모른 척하는 것……. 퇴근 후의 곤한 단잠을 퍼석 깨뜨리는 갑작스런 전화 앞에 나는 그런 식으로 대응할 수밖에 없었다. 그렇게라도 하지 않는다면 내 삶의 틈새로 그녀의 삶이 끼어들지도 모른다는, 낯선 세계를 엿

74

보게 되어 내 눈이 멀어 버릴지도 모른다는 두려움 때문이었다.

그녀는 전화가 잘못 걸린 게 아니라서 다행이라는 듯이 기쁜 기색으로 자신의 이름을 말했다. 나는 그제야 알겠다는 듯한 음성으로 무슨 일이라도 있냐는 다분히 형식적인 인사를 건넸다. 그러면서 나는 그녀가 왜 내게 전화를 걸었을지 생각해 보았다. 그러나 그녀가 나에게 전화를 걸 이유는 아무래도 없었다. 그녀와 나 사이에는 업무상 직접 연락할 만한 일도 없을뿐더러, 개인적으로 가까운 관계도 아니잖은가.

"혹시 잠깐 시간 괜찮으시면 집 근처에서 뵐 수 있을까요? 차 한 잔 같이하고 싶어서요."

나는 아무 생각 없이 알았다고 대답하고는 곧 후회를 했다. 어쩌자고 그렇게 쉽게 허락해 버렸을까. 퇴근 후 얼마 되지 않는 혼자만의 시간, 꿀 같은 단잠을 다시 청할 수도 있을 것이고, 읽다 만 소설책을 다시 펼쳐 보거나 지나간 영화를 한 프로 볼 수도 있을 것이다. 그런데 나는 이 모든 것들을 제쳐 두고 덜컥 그녀와 약속을 해 버린 것이다. 내 삶에서 어떤 작은 부분도 차지하고 있지 않은 그녀와 말이다.

그녀와 통화를 한 뒤 한참 동안 나는 아무것도 하지 않은 채로 멍하니 누워서 천장만 바라보고 있었다. 푸근한 잠자리의 평온에서 벗어나고 싶지 않아서이기도 했지만 실로 그보다 더 큰 이유는 폭풍 같은 불안감이 내 몸을 옥죄어 왔기 때문이었다. 김선주와의 개인적인 만남이 나를 낯선 세계로 발 딛게 할 거란 불길한 예감, 그리고 내 안에 들여놓은 사람 때문에 나와는 아무 관계없는 일로 마음 졸이게 될까 하는 두려운 생각들, 그런 불안함은 계속 내 가슴속을 휘저으며 날 어지럽게 했다.

일어나야지……. 마음의 어지럼증을 느끼는 사이에 벌써 그녀와의 약속 시간이 다 되어 가고 있었다. 나는 서둘러 세수를 했다. 헝클어진 머릿결을 빗으로 한 번 빗어 내리고 내 방 화장대 앞에 앉았다. 안경을 쓰지 않은 거울 속의 얼굴이 형체만 흐리마리했다. 기초 화장품만 대충 찍어 바르고 갈 생각이었다. 그런데 스킨 옆에 조그만 물체가 떨어져 있는 것이 보였다. 나는 아무 생각 없이 그 물체에 손을 뻗었다. 얼른 집어서 쓰레기통에 버릴 생각이었다.

그 순간, 내 손으로 물컥 하는 이물감이 느껴졌고, 놀란 나는 황급히 손을 뗐다. 그러고는 안경을 찾아 썼다. 환해진 눈에 그 물컹했던 물체가 또렷이 보였다. 내 손톱에 살점이 약간 파인 채 스멀스멀 화장대를 기어가고 있는 민달팽이였다. 나는 세면대로 달려갔다. 온몸을 훑는 이물스러운 느낌. 뱀의 혀로 내 몸을 애무받는 듯 목구멍에서는 욕지기가 올라왔다.

나는 물을 세게 틀어 놓고서, 달팽이의 살점이 묻은 오른쪽 검지 손톱을 비누로 씻고 또 씻었다. 하지만 그 끈적한 살점은 기다란 내 손톱 속에 착 달라붙어 아무리 후벼 내도 좀처럼 씻어지지가 않았다. 아니, 어쩌면 다 씻어졌는지도 모른다. 하지만 나는 내 검지 손톱에 씌워진 그 흉물스러운 느낌을 어쩌지 못해 결국 손톱깎이로 짧게 깎아 버리고 말았다.

방으로 다시 들어가 보니 달팽이는 아직도 화장대 위에 있었다. 나는 휴지를 둘둘 말아 손에 쥐고서 손가락 두 개만을 사용해 달팽이를 집었다. 휴지를 통해 달팽이의 감촉이 와 닿았다. 온몸에 소름이 돋았다. 나는 손을 쭉 뻗어 달팽이를 몸에서 멀찍이 떨어뜨린 채 집 밖에 있는 쓰레기통에 갖다 버렸다. 그러고는 크리넥스 두 장에 아세톤을 적셔 달팽이가 자리 잡고 있던 화장대를 싹싹 닦아 냈다. 그제야 나는 일련의 정화 의식을 마친 주술사라도 된 듯이, 마음이 차분히 가라앉으면서 문득 경건해지는 것이었다.

아, 그러나 그것은 전도된 의식이었다. 정작 상처 입은 쪽은 내가 아닌 달팽이였고, 지난 오 분 동안의 흔적을 씻어 내야 하는 쪽도 달팽이였다. 그러나 나는, 그 여린 몸뚱아리를 보호할 딱딱한 껍데기조차 가지고 있지 않은 그를 내 방에서 쫓아내고도 오히려 내가 상처 입은 양 수선을 떨어 댄 것이다.

달팽이 사건 때문에 김선주와의 약속 시간에는 십 분쯤 늦었다. 빠른 걸음으로 커피숍 앞에 다다랐을 때 그녀는 창가 쪽 테이블에 자리를 잡고서 멍하니 생각에 잠겨 있었다.

"늦어서 미안해요."

깊은 생각에서 빠져나온 그녀의 눈엔 반가운 기색이 비쳤다.

"달팽이 때문에……."

이런, 바보 같으니……. 이미 말해 버린 것에 대해 자주 후회를 하면서도 그 버릇을 쉽게 고치지 못한다. 달팽이 때문에 늦었다니, 그게 말이나 되는가. 진실보단 차라리 변명이 상대방의 동의를 얻기 쉬울 텐데.

그러나 그녀는 내가 뒤에 한 말을 못 들었는지 별 다른 말을 하지 않았다. 그리고 우리는 약 십 분 정도를 의미 없는 몇 마디 말들로 채웠다. 그러다 문득 그녀가 자신에 관한 이야기를 꺼냈다.

그녀는 방금 아버지를 요양시설에 입소시키고 오는 길이라고 했다. 나는 시큰둥한 반응을 보이며 천천히 고개를 끄덕였다. 요양시설이 꼭 감옥 같아서 힘들어도 집에서 모셔 보려고 했는데, 어제 좀 늦게 집에 들어가 보니 오빠는 이미 가 버렸고 아버지는 저녁도 굶은 채로 누운 자리에서 지린내를 풍기고 있더라고 했다. 직장 생활을 하다 보면 늦게 들어가는 날도 있을 것이고 이번처럼 주말에 행사가 잡히기도 할 텐데, 어제처럼 또 그렇게 되어 버리면 결국 아버지에겐 요양원보다 집이 더 감옥 같을 것 같아서 힘든 결정을 내렸다고 말하며 그녀는 눈시울을 붉혔다.

나는 그녀의 갑작스럽고 진지한 말들에 마치 소낙비를 맞는 기분이었다. 커다란 물방울들이 마른 옷 속으로 파고들어 깨지는 차가운 감촉. 피하고 싶으면서도 맞고 싶은 그 모순의 쾌감.

하지만 이런 식으로 그녀와 가까워진다면 그녀의 삶을 내 일부로 받아들여야 할 것이고, 그러면 나 자신과 관련 없는 일들에 하나하나 발목 잡히게 될지도 모른다는 생각에 나는 그때부터 그녀의 말을 건성으로 듣기 시작했다. 그리고 집으로 갈 때 슈퍼마켓에서 사야 할 물건들과 내일 출근해서 해야 할 일들을 머릿속으로 체크했다. 그러한 일들이 내게 절실하기 때문은 아니었다. 다만 그녀의 이야기에 더 몰두했다간 내가 애써 피해 온 삶의 이면들에 다시 덜미를 잡혀 야금야금 파먹힐 것 같았기 때문이었다.

그녀와 헤어진 뒤 나는 온전히 내 일상으로 돌아왔다. 슈퍼마켓에서 몇 가지 필요한 것들을 사고는 집에 들어와 다시 휴식을 취했다. 그리고 다음 날 아침이 되자, 어제 그녀를 만났다는 사실조차 잊은 채 원래의 가볍고 탁한 생활 속으로 섞여 들어갔다. 업무가 바빠지는 시기였고, 사소한 일에는 신경 쓸 겨를이 전혀 없었다. 김선주는 내게 더 친근하게 굴려고 했지만 무덤덤한 내

태도가 변함없으니 더는 다가오질 못하는 것 같았다.

　밀린 업무는 계속 쌓였고, 회사 재정 문제로 인원 감축이 불가피할 거라는 소문이 나돌기도 했다. 이 부장은 은근히 그런 소문을 전하면서 일을 더 얹어 주었다. 내 손에 주어진 영상편집 자료들은 점점 늘어났다. 이제는 밤낮도 없었다. 집에까지 일을 가져와야 할 처지였다.

　평소 깔끔을 떨던 내 성격도 피곤함에는 짓눌리고 말아서, 방 안에는 온갖 잡동사니들이 제멋대로 굴러다니고 있었다. 며칠째 청소를 못했기 때문에 컴퓨터 모니터 위에도 먼지가 쌓여 있었다. 어수선한 방의 풍경만큼이나 내 마음도 꽤 분잡스러운 상태였다. 나는 어떻게 해서든 이번 주 안에는 편집을 다 마치리라고 마음먹으며 피로해진 눈을 비볐다. 시간은 벌써 자정이 다 되어 가고 있었다. 다시 허리를 펴고 앉는데, 늦은 시간의 정적을 깨뜨리는 전화벨 소리가 날카롭게 울려왔다. 이런 시간의 전화는 보통 유쾌한 내용일 리가 없다. 나는 잠시 마음을 가다듬고 천천히 수화기를 들었다.

　"밤늦게 죄송합니다만, 최해연 씨 댁 맞습니까?"

　전혀 들어 본 적이 없는 목소리다. 지극히 사무적이며 피곤에 절은 듯한 30대 남자의 목소리, 누군지 짐작할 수가 없다. 나는 그의 질문에 대답하기 이전에, 약간의 경계 태세를 취했다.

"실례지만 누구시죠?"

"경찰섭니다."

경찰서라니. 나는 수화기를 왼손으로 바꿔 들고 자세를 고쳐 앉았다.

"김선주 씨라고 아십니까?"

나는 대답하지 않고 눈을 길게 감았다가 떴다.

"김선주 씨가 지금 술에 만취해서 몸을 못 가누고 있거든요. 휴대폰에 최해연 씨 전화번호가 저장돼 있어서 연락했는데, 혹시 친구분이면 좀 데려가시죠."

나는 경찰서 위치를 묻고는 전화를 끊었다. 어떻게 된 상황인지는 잘 모르겠지만 일이 이렇게 된 이상, 오늘은 내 방에서 그녀를 재워야 할 터였다. 나는 일어나서 너저분한 방 안을 대강 정리했다. 그리고 이불을 두 개 깔아 두었다. 가디건을 걸치며 밀린 일감들을 바라보았다. 문득 답답함이 밀려들었다. 다른 사람 때문에 내 일상이 흐트러진다는 사실에 머릿속이 쑤셔 오는 것 같았다. 엄지손가락으로 오른쪽 관자놀이를 꾹 눌렀다.

경찰관의 도움을 받아 김선주를 택시에 태우면서 내 마음은 약간 혼란스러운 상태였다. 저장된 전화번호가 몇 개 없더라구요. 그중에 오빠라고 적혀 있는 번호로 전화를 걸어 보니까 욕

만 해 대고……. 경찰은 수첩을 내게 건네며 말했다. 내 어깨에
힘없이 기대고 있는 그녀의 얼굴을 바라보았다. 얼마나 울었는
지 화장이 모두 번져 있었다. 나는 아래로 자꾸 처지는 그녀의
머리를 오른손으로 받쳐 주었다.

김선주가 내게 아버지 이야기를 한 게 한 달쯤 전이었나. 그
이후로 그녀는 내게 조금씩 다가오려 했지만 내가 일부러 장막
을 치며 데면데면하게 굴었었다. 그녀에 대해 더욱 음험하게 퍼
져 나가는 소문들도, 그녀를 향한 부서 사람들의 은근한 멸시
와 괴롭힘도, 나는 모른 척했었다.

나에게 온몸을 내맡기고 있는 그녀를 이불 위에 눕히며 약간
의 연민이 생기는 것 같기도 했지만, 곧 그런 생각들을 떨쳐 버
렸다. 그녀에게 무슨 일이 있었건 내가 상관할 바 아니다. 어쨌
거나 그녀 때문에 내 일상을 방해받았을 뿐이다.

나는 불을 끄고 그녀의 옆에 깔아 놓은 자리에 등을 돌려 누
웠다. 이런저런 생각에 빠져 있는데, 문득 그녀가 잠결에 울음
섞인 소리를 내며 몸을 뒤척였다. 그녀의 손이 내 이불 위에 와
닿는 느낌이 났다. 나는 몸을 좀 더 외로 틀고 이불을 끌어당겼
다. 내일 아침에 단호하게 이야기해야겠다. 다시는 이런 일 없
었으면 좋겠다고. 서로 잘 알지도 못하는데, 이런 불편을 주어
서야 되겠느냐고. 나는 당신의 직장 상사일 뿐이라고. 그렇게

말해 두어야겠다.

　늘 같은 시간에 울려 대는 알람시계의 소리. 나는 손을 머리 위로 뻗어 알람을 껐다. 며칠 동안 피로가 쌓여선지 아침마다 제시간에 일어나기가 쉽지 않았다. 몸을 뒤척이며 오른쪽으로 돌아눕자 잘 개켜진 이불이 보였다. 나는 몸을 일으켜 세워 주위를 두리번거렸다. 김선주가 없었다. 그녀의 겉옷을 걸어 놓았던 옷걸이는 사시나무처럼 앙상하게 서 있었다. 기척도 없이 언제 그렇게 가 버린 거지? 나는 잠시 멍하게 앉아 있다가 머리를 흔들고 일어났다. 라디오를 켜고 볼륨을 높였다. 클래식 채널에서 피아노 소나타곡이 흘러나왔다. 어쩌면 아무 일도 없었다는 듯 그녀가 그냥 그렇게 가 버린 것이, 서로 어색하게 얼굴을 대면하는 것보다는 더 나은 일일지도 모르겠다. 라디오 볼륨을 조금 더 높였다. 검정색 오디오 위로 달팽이가 지나갔었는지, 투명한 점액이 묻어 있었지만 닦을 겨를도 없이 출근 준비를 시작했다. 나에게는 평소와 다름없이 바쁜 하루의 시작이었다.

　“최 대리, 얘기 들었어요?”

　평소보다 조금 늦게 출근한 내게 최 대리가 다가와 물었다. 김 대리의 끊임없는 말. 그가 흘리고 다니는 무수한 이야기들은 다 어디서 나오는 건지 도무지 알 수가 없다.

"무슨 얘기요?"

나는 책상 옆에 가방을 걸며 건성으로 대답한다. 하지만 김 대리가 그 정도 무관심에 아랑곳할 사람이 아니라는 건 알고 있다.

"김선주 씨 말예요."

또 김선주 이야긴가. 그러고 보니 아직 그녀는 출근하지 않은 듯하다. 하긴 어제의 그 모습으로 바로 출근할 수는 없었을 것이다. 나는 가편집한 파일을 컴퓨터 화면에 띄웠다.

"부장님 자리에 사표만 덜렁 올려놓고 연락 두절이라네."

나는 순간 몸을 움찔한다. 술에 취한 채 눈물로 범벅이 되어 있었던 어젯밤의 그녀 얼굴이 머릿속을 스쳐 지나간다. 김 대리가 속삭이듯 말을 잇는다.

"사장님하고 끝난 건가?"

"인수인계는 해 놓고 그만둬야지. 어린애도 아니고 말이야……. 당분간 골치 아프게 생겼어."

조 과장이 고개를 흔들며 말했다. 문득 어젯밤 택시 안에서 힘없이 내게 기대던 그녀의 모습이 생각났다. 머리가 아파 오기 시작했다. 내가 신경 쓸 건 없다는 생각을 하는데 자꾸만 컴퓨터 화면이 흐릿해진다.

내가 그녀의 이야기를 들어 주었더라면 그녀는 덜 힘들었을까……. 내 무관심의 자유로움에 그녀는 또 다른 생채기를 얻었는지도, 나는 내가 준 그 상처를 모르고서 내 삶의 이방인인 그녀를 내쫓은 것일지도 모르겠다.

커피를 한잔 마시려고 일어나다가 어지럼증을 느끼며 다시 자리에 앉는데 책상 모서리 밖으로 튀어나와 있던 날선 새 종이 묶음에 손을 베었다. 따끔거리는 오른손을 보니 제법 길게 베인 채 선홍색 핏물이 배어 나오고 있었다.

사무실 밖으로 나가 자판기 옆 벽에 등을 기대고 눈을 감았다. 내가 왜 이렇게 김선주의 일에 신경 쓰고 있는 건지 알 수가 없었다. 답답하기도 했다. 어쨌거나 그녀는 내게서 사라졌다. 내가 경계하던 낯선 세계도 모조리 짊어지고서 말이다. 이제 당분간은 내 공간을 침범할 무언가를 두려워할 일은 없을 것이다. 그러니 오히려 홀가분한 것 아닌가.

커피를 한잔 마신 후 길게 숨을 내쉬고 다시 사무실 안으로 들어갔다. 그리고는 김선주의 책상 앞으로 갔다. 깨끗하게 정돈되어 있는 그녀의 책상 위에 달팽이의 점액처럼 하얀 것이 살짝 묻어 있었다. 티슈를 한 장 뽑아 그녀의 책상을 문질렀다. 하지만 아무리 문질러도 그 하얀 점액 같은 것은 지워지질 않았다. 나는 마치 무엇에라도 홀린 듯 더욱 힘주어 그녀의 책상을 문질렀다.

"최 대리, 뭐 해요?"

갑자기 귀에 확성기를 갖다 대고 외치는 듯한 김 대리의 말에 문득 정신이 들어 움직이던 손을 멈추었다. 일제히 나를 향해 있는 얼굴들 사이로, 느릿느릿 기어가는 달팽이의 모습이 아른 거렸다.

나를,
알아?

오전 내도록 사무실은 류의 사라진 문서철 때문에 어수선했다. 처음엔 여유롭게 문서철의 행방을 찾던 류는 시간이 지날수록 신경질적으로 바뀌어 갔다. 혹시나 다른 곳에 들어가 있나 싶어 사무실 사람들의 책상 서랍과 캐비닛까지 모두 뒤져 보았지만 류의 문서철은 나오지 않았다. 당연한 일이었다. 그것은 지난 금요일 나의 집에서 소각되었으니까.

나는 구내식당에서 점심을 먹으며 류를 위로했다. 구내식당의 반찬은 모처럼 간이 맞고 신선했으나 류는 밥을 반이나 남겼다. 생각보다 예민하네, 하고 나는 그의 좁혀진 미간을 보며 생각했다. 사라진 문서철 따위야 사실 며칠 안에 복원할 수 있는 것이었다. 물론 컴퓨터에 저장된 파일을 새로 출력해서 결재를 받아야 하고 저장되지 않은 파일은 다시 만들어야 하며 색인 목록을 재작성하고 상사로부터 문서를 잘 보관하지 못했다는 질책을 받아야 한다는 불편함이 있지만, 인생에 닥치는 큰 불행들에 비하면 이 정도의 일은 아주 사소한 것에 불과했다. 류는 식당을 나오며 낮은 음성으로 나에게 말했다.

현의 짓이 분명해. 전에 나랑 신경전이 있었거든. 금요일에 제일 늦게까지 남아 있던 사람도 현이야. 근데 물증이 없으니 무작정 따져 물을 수도 없고 말야. 아무리 그래도 이런 식으로 사람을 골탕먹일 줄은 몰랐어.

류는 자신의 승진 라이벌인 현이 문서철을 없앴다고 확신하고 있었다.

당신에게 추리소설을 좀 읽혀야 할까 봐. 범인은 예상치 못한 사람일 경우가 많아.

웃으며 던진 내 말에 류는 정색을 했다.

농담이 아니야.

물론, 나도 농담은 아니었다. 이로써 나는 류에 대해 조금은 더 알게 된 셈일까. 자신에게 닥친 사소한 문제 상황에 대처하는 그의 방식을.

내가 처음 류에게 가졌던 호감은 매우 단순한 것이었다. 그의 책상에 꽂혀 있는 책 한 권 때문이었는데 산체스 피뇰이라는 제

3세계 작가의 소설이었다. 널리 알려진 작가가 아니었기 때문에 류의 책상에 그 책이 있는 것은 조금 의외였다. 더군다나 무역업을 하는 회사에서 책상에 소설책을 꽂아 놓은 사람은 찾아보기 드물었다. 책이라고 해 봐야 영어, 컴퓨터 같은 실용 서적들이나 부자가 되기 위한 처세서 정도가 전부였다. 그런 환경속에서 류의 책은 쉽게 내 눈에 들어왔고 그때부터 그의 모든 것에 조금씩 관심이 가기 시작했다.

류에게 그 책에 대해 이야기를 하게 된 것은 그로부터 두 달이 지나서였다. 나와 함께 계약직으로 들어왔던 송이 다른 곳으로 이직을 하게 되어 송별회를 하게 되었다. 1차와 2차를 거치면서 사람들은 취해 갔고 송은 소리 내어 울었다.

그동안 다들 감사했어요.

송의 눈에 마스카라가 번졌다. 송은 평소 나에게 회사와 상사, 동료들에 대한 불만을 자주 토로하곤 했었기 때문에 그녀의 눈물은 마치 부조리극의 한 장면처럼 느껴졌다. 송의 눈물때문에 끝나가던 술자리는 다시금 이어졌고 새벽 2시가 되어서야 몸을 제대로 가누지 못하는 몇몇 사람을 보내고 자리를 파하게 되었다. 제 몸을 가눌 수 있는 사람들끼리 작별 인사를 하고 각자의 방향으로 흩어진 후 택시를 잡으려고 기다리고 있을 때였다.

한잔 더 할래요?

류의 목소리였다.

우리 엉망으로 취했었네.

머리가 아픈지 이마에 손을 얹으며 류가 말했다.

몇 시쯤 됐을까?

나는 대답하지 않았다. 손을 뻗으면 닿을 거리에 휴대폰이 있었지만 시간을 가늠할 수 없는 막막한 그 순간을 조금 더 즐기고 싶었다. 내 허리를 쓰다듬던 류의 손길이 이불 밖으로 빠져나와 머리카락을 헝클였다.

난 먼저 나가 봐야겠는데. 월요일 날 회사에서 아무렇지 않게 볼 수 있는 거지?

나는 이불을 조금 더 당겨 눈까지 덮어 버렸다. 아무렇지 않게, 라니. 바싹 마른 혀끝에 쓴맛이 맴돌았다.

류는 빠르게 샤워를 하고 옷을 입었다.

물어볼 게 있는데.

겉옷을 걸쳐 입던 류가 내 말에 침대 쪽을 돌아보았다. 나는 여전히 침대 안에서 얼굴만 내놓고 있었다.

혹시 산체스 피뇰 좋아해?

누구?

산체스 피뇰, 『차가운 피부』 말야, 당신 책상에 꽂혀 있던데.

류는 잠시 고개를 갸우뚱하더니 곧 생각났다는 듯이 입을 열었다.

아, 그거? 누가 재밌다고 준 건데 나는 별로더라구. 반도 못 읽고 그냥 꽂아 놨어.

그는 꺼 놓았던 휴대폰 전원을 켜며 신발을 신었다. 휴대폰에서 경쾌한 신호음이 울렸고 류는 곧 내 시야에서 사라졌다.

냉장고에서 생수를 꺼내 들이켰다. 입안이 여전히 썼다. 사람에 대한 호감이라는 것이 본래 한 가지 이미지에서 시작되었다가 관심을 갖게 되면 무한히 확장되는 것이긴 하지만, 그 계기가 되었던 첫 이미지가 착각이었다니. 피식, 하고 바람 새는 듯한 소리가 입안에서 새어 나왔다. 『차가운 피부』는 사람을 몰입하게 하는 힘이 굉장했고, 중간에 손을 뗄 수가 없어 밤을 새워 읽었던 소설이었다. 그리고 한참 동안 나는 그 책의 영향력에서 벗어날 수가 없었다. 그런 책을 반도 못 읽고 덮었다는 것이다. 물론 취향이야 다를 수 있겠지만 적어도 류와 나의 문학적 코드가 비슷할 거라는 추측은 빗나가 버렸다.

나는 그가 바라던 대로 회사에서 '아무렇지 않게' 그를 대했다. 평소처럼 깍듯이 인사를 했고 업무 이외의 대화는 시도하지도 않았다. 아마 류가 그날 아침에 그런 말을 하지 않았더라도 나는 그렇게 했을 것이다. 오히려 그렇지 못한 것은 류 쪽이었다.

미수 씨는 에프엠 같아. 요령 안 피우고 일은 잘해서 좋지만 너무 바른 생활만 해도 인생이 재미없으니까 적당히 옆으로도 새 보고 하라구.

누구에게든 충고하기 좋아하는 강이 내 옆자리에서 밥을 먹으며 말했을 때였다. 맞은편에 앉은 류가 내게 눈을 찡긋하며 입을 열었다.

에이, 미수 씨도 알고 보면 안 그래요. 인생 즐기고 사는 것 같던데.

빙글거리는 류의 얼굴을 보며, 어떻게 아셨어요, 하고 맞장구를 쳐 주긴 했지만 그 순간 어쩐지 돌을 씹은 듯한 기분이 들어 남은 밥은 먹는 둥 마는 둥했다.

나에 대한 사람들의 오해를 알고 있다. 강이 말한 대로 요령을 피우지 않으며 성실한 태도를 갖고 있고, 평온한 가정에서 조금은 경직된 가정교육을 받으며 자랐을 것이고, 무미건조하지만 큰 문제 없는 삶을 살고 있다고, 내 주변의 많은 사람들이 나를 평하는 말들이다. 그들의 판단은 내가 생각할 때 대체로 틀린 것이지만 그렇다고 해서 류가 나를 바로 보고 있다고 말할 수도 없는 일이었다. 어차피 류와 함께한 하룻밤 또한 수많은 나의 모습 중 단 한 가지였을 뿐이니까.

어떤 문장이든 그 하나로 사람을 정확하게 표현할 수가 있을까. 내가 회사에서 성실하게 일하는 것은 사람 자체가 성실해서가 아니라, 비록 계약직이라는 신분일지라도 꾸준히 월급이 나오는 직장이 필요해서이다. 류와 하룻밤을 보낸 것은 쿨한 인생관 때문이 아니라 책 한 권에서 비롯된 호감 때문이었다.

베란다에서 류의 문서들을 불태우는데 창밖으로 밤바다의 철썩이는 파도 소리가 들려왔다. 조용한 밤이나 새벽이면 파도 소리를 들을 수 있다는 것은 이 집에서 내가 가장 좋아하는 점이었다. 우리 가족이 2년 전부터 살게 된 이 맨션은, 퇴락한 해수욕장의 인근에 아주 오래전에 지어진 건물이다. 시에서는 최근 이 해수욕장을 되살려보려고 애를 쓰고 있었는데 산책길과 벤치, 조명이랍시고 세워 놓은 것들을 보면 조잡하기 그지없었다. 그래도 보증금 오백만 원을 주고 이 맨션에 들어오게 되었을 때 엄마는 눈물까지 흘렸었다.

이제사 번듯한 집에 살게 되었구나, 여한이 없다.

번듯하다고 말하기엔 너무 낡고 작은 집이었지만 이전에 살던 곳에 비하면 그렇게 말할 수도 있을 것 같았다. 작지만 방이 두 개였고, 무엇보다 화장실이 집 내부에 있었으며, 빛은 제대로 들어오지 않았지만 베란다도 있었다. 엄마의 꿈은 늘 소박했다. 꿈이 작은 사람은 전부 못 살게 되는 것인지 모르겠지만, 엄마는 주어진 환경에 언제나 순응하며 살았고 특별한 것을 바라지 않았다. 그리고 언제나 가난했다.

이곳에 오면서 방 하나는 당연히 오빠 것이 되었다. 오빠와 다른 방을 쓰게 된 이후로, 퇴근해서 돌아오면 언제나 방구석에 던져져 있던 휴지 뭉치들과 들큼한 냄새에 맞닥뜨리지 않아도 되는 것이 좋았다. 나보다 세 살이 많은 오빠는 한 번도 직업을 가져 본 일이 없었다. 고등학교를 중퇴한 이후로 하루 종일 방 안에서 컴퓨터 게임을 하거나 잠을 잤다.

나가서 뭐라도 해. 늙은 엄마가 저러고 다니는 게 불쌍하지도 않아?

폐지를 주우러 다니다 몸살이 나서 누워 있는 엄마를 보며 오빠에게 화를 낸 적이 있었다.

씨발, 내가 하랬나. 늙었으면 곱게 죽든가.

미쳤어?

소리를 지르는 나를 엄마는 밖으로 끌고 나갔다.

오빠한테 그러지 마라.

엄만 그런 말이 나와? 엄마가 자꾸 감싸 주니까 오빠가 정신을 못 차리는 거야.

놔둬라, 저도 얼마나 힘들었겠니. 다 부모 탓이지.

언제나 그렇게 체념하고 마는 엄마를 보면 화가 치밀었다.

힘들다고 모두 다 오빠처럼 저러진 않아. 자기 삶에 대해 누구 탓도 해선 안 되는 거야.

좁은 베란다에서 태운 문서의 잔여물을 손가락으로 휘저었다. 잿가루들은 어느 순간 류의 모습이 되었다가 또 어느 순간 오빠의 모습으로 바뀌어 갔다.

사라진 문서철 때문에 시말서를 쓴 이후로 류는 기분이 많이 다운되어 있는 듯 보였다. 평소 류는 회사에서 늘 웃고 다니는 편이었고 유머러스했기 때문에 사람들에게 인기가 좋았다. 사무실 사람들은 류의 기분을 풀어 주려고 많이 애를 쓰는 것 같았다. 심지어 부장까지도 류에게 커피를 타 주거나 시답잖은 농담을 던지곤 했다.

잠깐 만나자.

밤에 류에게서 전화가 걸려온 것은 그 일이 있은 지 일주일이 지나서였다. 류는 나를 차에 태우고 시 외곽으로 나갔다. 류에 대한 내 감정은 조금 복잡했지만, 어쨌거나 나는 처음과 똑같이 류를 대하겠다고 마음먹었다. 낯선 밤길에 떨어지는 빗방울은 사람을 몽롱하게 만들었고 류의 옆모습도 조금 비현실적으로 보였다. 류는 한적한 곳에 차를 세웠다.

요 며칠 마음이 고되니까 자꾸 그날 이 생각나더라.

류는 내 어깨를 안고 입을 맞춰 왔다. 나는 후훗, 하고 웃으며 고개를 돌렸다.

평소처럼 지내자고 한 건 당신이었잖아.

그거야 회사에서 이야기고.

류의 손이 내 블라우스 단추를 열고 들어왔다. 차의 앞 유리창에 꽃잎들이 뚝뚝 떨어졌다.

근데 말야.

응.

당신은 내가 인생을 즐기는 사람이라고 생각해?

응.

그거 말고는 나를 어떻게 생각하는데?

그게 지금 중요한가?

류는 조수석을 뒤로 젖히고 내 쪽으로 몸을 옮겼다. 그의 더운 숨이 목덜미에 와 닿았다. 유리창에 떨어지는 꽃잎들은 어느새 바람에 실려 하얗게 흩어져 갔다. 당신, 나를 안다고 말하지 마. 나에 대해 그 무엇도 확신하지 말아 줘. 목구멍에서 맴돌던 소리들이 바람에 날리는 꽃잎처럼 자취 없이 흩어졌다.

류의 차를 타고 집 근처까지 와서 내렸을 때 엄마는 폐지를 가득 쌓은 리어카를 끌고 걸어가고 있었다. 나와 눈이 마주친 엄마는 못 본 척 고개를 숙였다. 나는 엄마를 불렀고, 나에게 인사를 하려고 차에서 내렸던 그는 엄마에게 목례를 하고 다시 차에 올라탔다.

뭐하러 아는 척을 하냐.

그의 차가 사라지자 엄마는 내 등을 쳤다.

모르는 척할 건 또 뭐야.

나는 엄마의 리어카를 함께 밀었다. 아버지가 빚만 남긴 채 죽은 후 엄마는 이 리어카에 의지해 살아왔다.

만나는 사람이냐? 그냥 시간만 보내지 말고 어떤 사람인지 서로 잘 알아가는 게 중요한 거다.

엄마는 리어카를 세우고 바람에 날리는 폐지를 다시 정리했다. 그 종이들처럼 내 마음도 펄럭거렸다. 어떤 사람인지, 어떻게 하면 알 수 있을까? 엄마는 그걸 말해 줄 수 있을까?

금요일 오후의 사무실 공기는 언제나 조금씩 부풀어 있었다. 사람들은 몇 시간 후면 시작될 주말의 여유를 일찌감치 즐기곤 했다. 대부분의 중요한 일들은 오전에 마무리 지어졌고 오후에는 간단히 처리할 수 있는 일 외에는 새롭게 손대지 않는 것이

정석이었다.

내일 별일 없는 사람들 등산 어때?

강이 사무실 사람들을 둘러보며 큰 소리로 말했다. 사람들이 모두 딴청을 피우자 강은 류의 이름을 불렀다. 강은 류가 예의 바르고 넉살이 좋아 마음에 든다며 언제나 류를 먼저 챙겼다. 류가 난처한 표정을 지으며 입을 열었다.

저는 내일 집사람하고 아들 데리고 여행 가기로 했습니다.

오, 그래? 어디로 가나?

후쿠오카 온천에 갑니다.

허허, 그래? 역시 가정적이구만. 미수 씨, 결혼은 이런 남자랑 해야 돼. 윗사람한테 잘하지, 마누라랑 자식밖에 모르지. 괜히 다른 거 따지지 말고 사람 자체를 봐야 되는 거야.

강은 자신의 충고가 만족스러웠는지 혼자 흐뭇하게 웃더니 다른 사람들의 이름을 하나하나 부르며 내일의 스케줄을 물었다. 모두들 약속이 있거나 집안 행사가 있다고 했다. 강은 그럼 나도 가족들하고 온천이나 갈까, 하고 중얼거리더니 어디론가 전화를 걸기 시작했다. 그 순간 나와 눈이 마주친 류가 씩 웃더니 컴퓨터 화면으로 얼굴을 돌렸다.

류의 컴퓨터 바탕화면과 책상 유리 밑에는 아내와 어린 아들의 사진이 깔려 있었다. 류의 책상 근처를 지날 때면 가장 먼저 눈에 띄는 것이 그 사진들이었다. 그것은 마치 어떤 부적처럼 묘한 기운을 뿜어냈다. 강의 말대로 류는 가정적으로 보이는 사람이었다. 평소 회사에서 아내와 아이 이야기도 많이 하는 편이었다.

컴퓨터 화면에 눈을 고정한 채 오른손으로 컴퓨터 마우스를 움직이고 있는 류를 다시 바라보았다. 마치 처음 보는 화가의 그림을 보는 듯 그의 모습이 낯설었다.

주말의 볕은 따사로웠고 가끔씩 살랑여 오는 바람이 코끝을 기분 좋게 간질였다. 나는 빨래를 널며 한 번도 가 보지 못한 타국의 온천을 상상했다. 낯선 언어를 쓰는 이들이 비밀처럼 소곤대는 말들 속에 푸욱 몸을 담그는 기분, 그곳의 어느 한순간에는 자상하고 다정한 가장으로서의 류가 존재하고 있을까.

오빠가 나간 틈을 타 창문과 문을 모두 열었다. 오빠가 집을 비우는 시간은 담배를 사러 가거나 머리를 깎고 목욕을 갈 때뿐이었다. 담배 냄새로 찌든 오빠의 방은 낡은 집 안에서조차 고립된 섬 같았다. 나는 쌓여 있는 담배꽁초들을 버리고 곳곳에 던져진 휴지 뭉치와 쓰레기들을 대충 정리했다. 그러다 컴퓨터 옆에 구겨진 연습장이 있어 무심코 펼쳐 보았다. 사육사가 되고 싶다. 정자로 또박또박 쓴 오빠의 글씨였다. 문장의 아래 위로는 정체를 알 수 없는 각종 동물들이 그려져 있었다.

생각해 보면 오빠가 유독 동물을 좋아하긴 했었다. 어릴 적엔 병아리나 햄스터 따위를 사와서 상자에 넣어 놓고 키우기도 했는데, 나는 안 그래도 좁은 집이 동물 냄새로 가득 차는 것이 싫어서 녀석들을 몰래 갖다 버리곤 했다. 오빠는 병아리와 햄스터가 모두 도망가 버렸다고 믿으며 점점 더 큰 상자를 구해 왔지만, 내 키를 넘는 상자는 없었기에 오빠의 동물들은 늘 내 손을 거쳐 거리로 버려졌다. 그러기를 몇 해, 오빠가 집으로 데려온 동물은 도도라는 길고양이를 마지막으로 끝이 났다. 도도는 내가 버린 것이 아니라 스스로 죽었다. 내 손에 잡히지 않고 잘도 숨어 다니던 도도는 우리 집에 들어온 지 일 년 만에 알 수 없는 병에 걸려 처참한 모습으로 숨을 거뒀다. 그 후로 오빠가 집에 동물을 들여오는 일은 없었다.

한 시간 만에 돌아온 오빠는 다시 방문을 닫고 들어갔다. 나는 오빠의 방문을 가만히 바라다보았다. 저 문보다 더 굳게 닫아 잠근 오빠의 마음에도 꿈이라는 것이 있었던 줄은 알지 못했다. 어떻게 해야 이룰 수 있는지 알지 못했고 앞으로도 그럴 거라 자포자기하며 구겨 버린 꿈. 무거운 추 하나가 가슴속으로 깊게 떨어져 내리는 기분이었다. 열린 창문으로 다시금 바람이 불어 들어와 긴 머리카락을 흩어 냈다.

가족 여행을 다녀온 류는 나에게 매화향을 사다 주었다. 나에게만 특별히 선물한 것은 아니었고 사무실 사람들 모두에게 주는 기념품 같은 것이었다. 향을 피우자 금세 매우면서도 달짝지근한 냄새가 방 안에 가득 찼다.

웬 향이냐.

이불속에서 뒤척이던 엄마가 물었다.

그냥 하나 얻었어.

향이 좋구나. 이렇게 눈을 감고 냄새만 맡으니까 더 좋아. 옛날 처녀 적에 불당에 가면 이 냄새가 그렇게 좋아서 눈물이 나기도 했었다. 법당 뒷마당 매화나무 앞에 쪼그리고 앉아서 그렇게 눈물을 뚝뚝 흘리고 있는데 느이 아부지가 왔었지.

엄마는 빚만 가득 남기고 무책임하게 강물에 뛰어든 아버지를 한 번도 원망하지 않았다. 익사체로 발견된 아버지를 확인하고 엄마가 처음으로 한 말은, 얼마나 추웠을까, 였다. 어떤 순간에도 분노하거나 슬픔에 빠지지 않고 그저 순응하고 체념하는 엄마가 나는 답답했다. 향꽂이에서 재가 힘없이 떨어졌다.

그 사람은 요즘 안 만나냐.

피어오르는 향의 연기 사이로 류의 얼굴이 스쳐 지나갔다.

몰라.

엄마는 길게 숨을 내쉬고는 말했다.

인연이란 게 말이다, 쉽게 왔다 가는 게 아니더라. 한순간에 매정하게 끊지는 말아라.

엄마는 쿨럭거리며 기침을 하고는 이불을 끌어당겼다.

그나저나 느이 오빠가 걱정이구나. 나 죽기 전에 짝은 지어 줘야 할 텐데.

오래도록 들려오는 기침 소리에 방바닥이 덜컹거리는 듯 어지러웠다. 엄마는 알고 있을까. 오빠가 사육사가 되고 싶어 한다는 사실을. 저렇게 방 안에 하루 종일 물건처럼 놓여 있는 오빠에게도 꿈이라는 게 있다는 것을.

인사이동 철이 되면 회사는 언제나 불안하고 끈적한 공기로 가득 차는 것 같았다. 말과 말이 떠돌다 더운 공기 속에서 부패해 갔고 서로를 보는 눈빛은 질투와 의심으로 번졌다. 우리 부서에서는 현이 승진을 하며 다른 부서로 이동하게 되었다. 승진 소식을 알게 된 날 현은 자기가 한턱내겠다며 회식을 주도했다. 현이 축하를 받는 동안 류는 말없이 술만 들이켰다. 너무 과하게 마시는 게 아닌가 싶을 무렵 현이 류의 어깨를 짚으며 말했다.

여기서 너무 많이 마시지 말고 2차로 좋은 데 가자구.

그러자 류는 과하게 힘을 주어 현의 손을 뿌리쳤다. 그 때문에 옆에 놓여 있던 소주병이 떨어지며 깨지는 소리를 냈다. 날카로운 소리에 사람들이 모두 집중했다.

벌써 취했구만.

현이 웃으며 류의 어깨를 두드렸다. 그때 류가 현을 쳐다보며 말했다.

개새끼.

현의 표정은 굳어졌고 사람들은 잠시 숨을 멈췄다.

내 문서철을 없앤 게 너지, 이 야비한 새끼야.

무슨 소리야?

그렇게 해서 승진하니까 좋냐, 씨발놈아.

사람들은 이 상황을 어떻게 무마해야 할지 알 수 없다는 표정을 지으며 모두 숨을 죽였다. 끝내 현의 멱살까지 잡는 류를 강이 만류했다. 류를 억지로 끌고 나간 강이 혼자서 한참 만에 들어왔을 때 술자리는 이미 류에 대한 이야기로 달아올라 있었다.

예의 바르고 흐트러짐이 없는 사람인 줄 알았는데 다시 봤네.

아무리 술이 취했다지만 사람이 어떻게 저렇게 달라질 수 있어? 피해의식에, 자격지심에, 못났다, 못났어.

항상 류를 챙기던 강마저도 고개를 절레절레 저으며 류의 행동을 비난했다. 사람들은 한두 마디로 쉽게 류를 평가했고 서로의 말에 공감했다. 공통된 공격 대상이 있으면 사람들은 더 가까워지는 법이어서 술자리는 금세 다시 화기애애해졌고 그 어느 때보다 서로에게 다정했다.

바닷가 근처라 집 주변엔 언제나 바람이 많이 불었다. 바람 소리에 괜히 마음이 휑했다. 편의점에 들어가 캔맥주를 하나 사서 나오는데 오빠가 들어왔다. 오빠는 나와 눈을 마주치자 곧 고개를 돌렸다. 아버지가 강물에서 발견되었던 때부터 오빠는 말문을 닫고 마음의 문도 닫았다. 내가 열다섯 살이었을 때니까 벌써 십여 년이 훌쩍 넘은 시간이었다. 그때, 물에 퉁퉁 분 아버지의 모습을 보았던 오빠의 마음이 어떠했을지 나는 알지 못한다. 나는 시신을 직접 보지 못했고, 아버지의 죽음에 대해서도 슬픔보다는 원망이 앞섰다. 죽어 버리면 그만이야? 영정 사진을 노려보며 수없이 속으로 외쳤었다. 하지만 오빠는 달랐다. 강물에서 나온 아버지를 본 순간부터 오빠에게선 뭔가가 빠져나간 것 같았다. 마치 속이 텅텅 비고 껍데기만 있는 마네킹처럼.

나는 편의점 밖에서 오빠가 나오기를 기다렸다. 담배를 피워 물고 나온 오빠는 나를 보지도 않고 돌아서 걸어갔다. 나는 몇

발짝을 뛰어 오빠 옆으로 갔다.

이야기 좀 해.

오빠는 아무 말 없이 담배 연기만 내뿜었다.

이제 방 안에서 그만 좀 나오면 안 돼? 오빠도 뭔가 되고 싶은 게 있을 거 아냐. 도움이 필요하면 내가 도울게.

헛헛한 마음 때문이었는지 술기운 때문이었는지 모르겠지만 생각보다 쉽게 말이 나왔다. 사육사가 되고 싶다는 글을 본 이후로 계속 하고 싶던 이야기였다. 오빠는 담배를 한 모금 더 빨고는 말했다.

잘난 척하지 마.

한 음절 한 음절 매캐한 연기가 묻어났다. 돌아서 가는 오빠의 뒷모습에 눈이 매웠다.

지난밤 술자리에서 있었던 일에 대해 언급하는 사람은 아무도 없었다. 술자리의 실수나 에피소드 같은 것들은 암묵적으로 약속된 비밀 같은 것이었다. 사실 부서 사람들 모두가 알고 있으니 비밀이랄 것도 없지만, 적어도 사무실 안에서는 류도 다른 사람들도 모두 아무 일 없었다는 듯 태연하게 행동하고 있었다. 마치 정말 아무 일도 없었나 하는 착각이 들 정도였는데, 곧 점심시간이 되자 구내식당과 자판기 앞에서 수군거리는 소리들이 지난밤의 사건을 증명해 주었다. 물론 류가 없는 곳에서만 들리는 말들이었다.

퇴근 시간이 가까워오자 류에게서 문자가 왔다. 퇴근 후 만나자는 내용이었다. 약속 장소에 가니 류는 운전석을 뒤로 젖힌 채 누워 눈을 감고 있었다. 류의 눈감은 옆모습은 내가 가장 좋아하는 부분이었다. 옆 좌석에 올라타고 난 뒤로도 한참을 그렇게 있더니 숨을 깊게 내쉬고는 입을 열었다.

회사에서 나에 대해 말들이 많지?

왜, 신경 쓰여?

아무래도, 이미지가 나빠질 테니.

이미지는 어차피 이미지일 뿐이잖아. 모두들 상황에 따라 다르게 말해.

나는 류의 어깨에 머리를 기대며 말했다.

어제 술이 많이 취해서 말이 과격해지긴 했지만 현에게 한 말은 진심이었어. 약삭빠르고 비열하게 행동해서 승진해 놓고 선심 쓰듯 술을 사는 꼴이 정말 역겨웠다구.

현에 대한 이야기가 나오자 류의 목소리는 한 톤 올라갔다. 나는 그의 말에 잠시 침묵했다. 류가 숨을 쉴 때마다 그의 어깨가 조금 불안정하게 움직였다.

그때 그 문서철, 정말 현이 그랬다고 생각해?

나는 류의 손가락을 쓰다듬으며 물었다. 류는 당연한 것을 새삼스럽게 묻는다는 듯 나를 쳐다보았다.

분명하다니까.

세상에 분명한 건 아무것도 없어.

류는 내 말이 싱거운 농담이라도 된다는 듯 피식 웃으며 차에 키를 꽂았다. 나는 류의 어깨에 기대어 있던 몸을 바로 하고 그를 가만히 보았다. 내가 가장 좋아하는 그의 옆얼굴, 하지만 가끔은 너무도 낯선 얼굴. 나는 물속에서 오래 참았던 숨을 수면 위로 내뿜듯 그를 향해 단숨에 말했다.

당신 문서철, 그거 내가 없앴어.

내 목소리는 약간 떨렸지만, 류는 차에 시동을 걸며 담담하게 대꾸했다.

농담하지 마.

나는 류의 얼굴을 바라보며 분명한 음성으로 다시 말했다.

농담 아니야. 내가 그랬어.

순간 차의 시동이 꺼지며 정적이 흘렀다. 잠시 후 류가 고개를 저으며 말했다.

네가 왜 이런 말을 하는지는 모르겠지만 적어도 내가 아는 너는 절대 그럴 리가 없어.

류는 다시 시동을 걸었다. 나는 그에게서 고개를 돌렸다. 류,

나를 정말 알아? 가정적이지만 아내 모르게 나를 만나고, 예의 바르고 넉살 좋은 성격이지만 누군가를 끝없이 의심하고 욕을 퍼붓는 그 모습들이 모두 당신이었듯이, 이 모든 것이 나야. 말이 되어 나오지 못한 단어들이 목구멍 속에서 소용돌이쳤다. 류는 입술을 꾹 다문 채 가속페달을 밟았다. 입안에서 맴도는 말들이 소화되지 않는 음식물처럼 속을 메스껍게 했다.

차 세워 줘.

집까지 태워다 줄게.

류는 나를 보지 않고 말했다.

세워 줘.

그냥 가자.

세워 달라니까!

날이 선 내 목소리에 류는 브레이크를 밟았다. 타이어가 미끄러지는 소리에 귀가 멍했다. 류는 입술을 깨물고 앞만 보고 있었다. 내가 차에서 내리자 류의 차는 곧 다른 차들에 뒤섞인 채 사라졌다.

택시에서 내려 집으로 들어가는 골목 입구에서 나는 잠시 발걸음을 멈췄다. 골목이 꺾이는 모퉁이 길에 오빠가 쪼그리고 앉아 있었기 때문이었다. 오빠의 발치 아래엔 길고양이 한 마리가 얌전히 앉아 오빠가 주는 통조림 생선을 받아먹고 있었다. 잘 들리진 않았지만 오빠는 고양이에게 뭔가를 열심히 말하고 있었다. 간혹 미소를 띠기도 했고 고양이의 목덜미를 간질이기도 했다. 오빠가 그렇게 오랫동안 무언가를 말하고 웃는 모습을 본 것은 열다섯 살 이후로 처음이었다.

통조림을 다 비운 고양이는 오빠를 향해 기분 좋은 울음소리를 한 번 내 주고는 골목 안쪽으로 빠르게 사라졌다. 오빠는 빈 캔을 들고 일어섰다. 나는 벽 뒤쪽으로 몸을 숨겼다.

잠시 후 몸을 돌려 보니 골목 모퉁이엔 아무도 보이지 않았다. 나는 휘청거리듯 오빠가 있던 자리로 가서 쪼그려 앉아 보았다. 오줌 지린내 같기도 하고 오래된 음식물 쓰레기의 자취 같기도 한 역한 냄새가 머리를 어지럽혔다. 지저분하고 어두운 골목의 벽에, 사육사가 되고 싶다던 오빠의 글씨가 문득 그려졌다. 내가 오빠를 알지 못했듯 류 또한 끝내 나를 알지 못할 것이다. 몸속에서 울컥, 뜨거운 물기가 쏟아져 나왔다. 어스름한 저녁 길의 가로등이 굽혀진 내 등을 가만히 비추고 있었다.

꿀벌의
비행

흡.

하진이 숨을 삼킨 것과 온몸에 소름이 돋은 건 거의 동시였
다. 황토색 밀랍 덩어리 속을 가득 메운 육각의 구멍들. 빈틈없
이 이어진 육각형들을 보자 그녀는 현기증이 나고 숨이 막혀
왔다. 베란다 문을 닫고 거실 바닥에 주저앉았다. 라디오에서
흘러나오던 노래가 끝나도록 몸에 돋은 소름은 가라앉지 않았
다. 그녀는 양손으로 민소매 아래의 팔을 쓸어내리며 방으로 들
어가 명에게 전화를 걸었다.

"벌들이 베란다에 집을 지었어."

수화기 저편에서 명은 하하, 하고 웃었다. 웃음소리를 글자로
적을 때 흔히 그렇게 쓰긴 하지만 실제로 그렇게 웃는 사람은
드문데 명은 정말 그렇게 웃었다. 하진은 명의 웃음소리에 가끔

외로워지곤 했다. 그의 웃음소리와 자신의 감정 사이에는 연극 속 주인공과 관객만큼의 거리감이 있는 것 같았다.

"어떡하지?"

웃음을 자르는 그녀의 말에 명은 잠시 망설이는 듯하더니 이내 입을 열었다.

"저녁 때 갈게. 우선 베란다 문을 닫고 있어. 벌에 쏘이지 않게 조심하고."

명은 계획성 있는 사람이고, 갑작스런 약속을 좋아하지 않는 성격이었다. 그리고 오늘은 그녀와 만나기로 한 날이 아니었다. 계획에 없던 벌집 때문에 오늘 저녁의 일정을 미루게 되었겠지만 명은 여전히 다정했다. 웃음소리 같은 건 중요한 게 아닐지도 몰라, 하고 하진은 생각했다.

그녀는 다시 베란다 쪽으로 가서 벌집을 바라보았다. 여러 마리의 벌들이 육각형 구멍 속을 들락날락했다. 꿀과 흙과 침을 섞어 만들었을 단단한 벽. 틈새 없는 육각의 동굴이 마치 승전국의 요새처럼 견고하게 느껴졌다.

계단을 오르는 명의 발걸음 소리가 들려왔다. 하진은 민소매 셔츠 위에 얇은 가디건을 걸쳐 입었다. 명은 그녀의 어깨 흉터가 드러나는 것을 좋아하지 않았다. 그가 그녀에게 그런 말을 직접 한 적은 없었지만 어떤 종류의 말들은 때로 소리를 넘어서 전달되기도 했다.

아버지가 떠난 것이 먼저였는지, 어머니가 종종 술에 취해 있었던 것이 먼저였는지는 기억나지 않지만, 어쨌든 아버지는 집을 떠났고 어머니는 어린 하진에게 자주 술주정을 해 댔었다. 술에 취한 어머니는 울고 있는 그녀에게 뜨거운 물을 쏟아부었고, 그 이후로 그녀의 어깨와 팔을 볼 때마다 괴로워했다. 그녀의 몸에 상처는 남았어도 덕분에 어머니는 술을 끊게 되었다.

그저 어린 시절의 일이고 상처도 아주 흉하지는 않은 편이었다. 어릴 때에는 놀림을 받기도 하고 그런 이유로 부모에 대한 원망도 깊었지만 사춘기가 지나고부터는 자신이 가졌던 트라우마를 어느 정도 극복했다고 생각했다. 하지만 명이 그녀의 상처를 불편해한다는 걸 느끼면서부터 다시금 어린 시절의 고통이 되살아나곤 했다. 그리고 예전처럼 옷으로 상처를 가리기 시작했다.

문을 열고 들어선 명의 한 손에는 뿌리는 살충제가 들려 있었다. 그런 것이라면 집에도 있었지만 하진은 아무 말도 하지 않았다. 명은 결연한 표정으로 베란다 앞으로 갔다. 그리고는 곧 유리문을 열려다가 베란다 한쪽 구석에 자리 잡은 벌집을 쳐다보더니 갑자기 동작을 멈추었다.

"좀 심각한데. 이걸로는 안 되겠어."

벌집을 보니 낮에 보았을 때보다 더 많은 벌들이 구멍마다 달라붙어 있었다. 집단을 이룬 벌 무리는 위협적으로 보이기까지 했다.

"벌집이 생각보다 커. 벌도 너무 많고. 내일 119에 연락하는 게 낫겠어."

명은 간단하게 포기하고 그녀를 돌려세웠다. 하는 수 없었다. 애초에 살충제 따위론 어림없는 일이었다. 그들은 저녁을 먹고 DVD로 영화를 한 편 보고 음악을 들었다. 하진은 베란다를 장악한 벌들이 계속 신경 쓰였지만 괜히 어설프게 건드리느니 명의 말대로 119에 전화해 도움을 청하는 편이 낫겠다고 마음먹었다.

명은 하진의 작은 침대 위에서 금세 잠들어 버렸다. 잠든 명의 얼굴을 보고 있으면 그녀는 대책 없이 행복감에 젖다가도 어느새 불안함에 휩싸였다. 어느 순간 눈을 떠보면 이 모든 시간들이 신기루처럼 사라져 있을 것만 같았다.

언젠가 은지 때문에 둘이 말다툼 비슷한 것을 하게 되었을 때 명은 하진에게 말했었다.

"너도 알잖아. 그앤 남자친구가 있어."

둘 사이 관계의 진전은 불가능하니 안심하라는 뜻이었을까.

하지만 그 말 대신, 나에겐 네가 있어, 라고 말해 주었으면 좋았을 거라고 하진은 자주 생각했다. 은지의 상황이 아니라 하진에 대한 그 자신의 마음을 말해 주었더라면.

은지는 명의 대학 후배였다. 한 번은 길에서 우연히, 한 번은 명의 모임에 따라갔을 때 본 적이 있었다. 얼굴은 꽤 예쁘장한 타입이었고 나이에 걸맞게 발랄했다. 하진을 동상처럼 옆에 둔 채 명과 은지가 대화를 나누는 동안, 그녀는 둘을 가만히 바라보았다. 은지는 스스럼없이 명의 팔을 잡았고 그는 다정하게 은지의 어깨를 두드렸다. 그들의 웃음이 둘 사이를 가득 메우며 비눗방울처럼 퍼져 나가는 동안 하진은 입꼬리를 힘겹게 올린 채 명의 옆에 어색하게 서 있었다.

길에서 우연히 재회한 대학 후배와 연락처를 주고받는 것은 그저 인사치레가 아닐까, 하진은 생각했었다. 하지만 그녀의 생각과는 달리 명은 은지와 정말 연락을 주고받기 시작했다. 그건 분명 하진에게 거슬리는 일이었다. 때로는 명과 하진이 함께 누워 있을 때에도 메시지가 왔고, 명은 미루지도 않고 꼬박꼬박 답을 해 주었다.

"누구야?"

"은지."

"이 시간에 왜?"

"그냥, 뭐 좀 물어본다고."

더 캐물으면 추궁하는 듯 보일까 봐 참았지만 하진의 목 안에선 묻지 못한 말들이 회오리쳤다. 그애가 대체 뭐야? 너는 지금 누구와 함께 있는 거야? 너에게 나는 뭐야?

하진은 명이 깨지 않도록 조심스레 자리에서 일어나 그의 휴대폰을 들고 거실로 나갔다. 은지와 명이 주고받은 메시지들을 하나하나 읽어 보는 동안 하진의 마음은 센 불에서 끓고 있는 냄비의 뚜껑처럼 들썩였다. 최근에 주고받은 메시지 서너 개를 제외하고는 이미 다 읽어 보았던 것인데도 하진은 휴대폰 화면을 아래로 아래로 내리며 꼼꼼하게 다시 읽어 나갔다. 어떻게 보면 아무렇지도 않은 내용들이었고, 또 어떻게 보면 수많은 비밀을 함의한 것도 같았다.

하진은 저장된 메시지의 맨 처음까지 다 읽고 나서야 휴대폰 화면을 껐다. 누가 그녀의 몸을 물속에 푹 담갔다 꺼낸 것처럼 온몸이 축 처지는 기분이었다. 방문을 열고 들어가니 명은 여전히 단잠에 빠져 있었다. 하진은 휴대폰을 제자리에 두고 그의 옆에 누웠다. 마음을 들썩이던 것들이 썰물처럼 천천히 빠져나가기 시작했다.

"가끔 있는 일입니다. 어디죠? 집을 지은 곳이."

노란 보호복을 입고 온 119 구조대원은 몹시 더워 보였다. 하진은 손으로 벌집이 있는 곳을 가리켰다. 그는 가져온 철제 사다리와 장비들을 들고 베란다로 갔다. 많이 해 본 듯 익숙하고도 절제된 몸짓이었다. 벌집을 제거하는 과정은 생각보다 간단했다. 스프레이로 된 약품을 벌집에 분사하니 그 속에 있던 벌들이 밖으로 나왔고 곧 바닥으로 툭툭 떨어졌다. 그는 천장에서 벌집을 떼어 내어 비닐봉투에 담고 사다리에서 내려와 바닥에 죽어 있는 벌들을 쓸어 담았다. 순조롭게 마무리되나 했는데 순간 벌 한 마리가 어디선가 나타나 그의 몸 쪽으로 날아갔다. 그는 잠시 움찔 하더니 날아가는 벌을 향해 약품을 분사했다. 벌집 잔여물을 마저 정리하고 베란다 문을 연 그가 말했다.

"손등을 쏘였어요. 벌침을 빼야겠는데 신용카드 같은 것 좀 가져다주시겠습니까."

하진이 지갑에서 카드를 꺼내자 그는 얼굴의 보호 장비를 벗고 왼팔을 내밀었다. 빨갛게 독이 퍼져 가는 부분에 까만 벌침이 보였다.

"카드로 밀면 빠질 겁니다."

하진은 얼떨결에 그의 손을 잡고 카드를 세워 손등의 피부를 밀었다. 빠져나온 벌침은 손으로 집어 올리기 힘들 만큼 작았지만 그 안에 숨겨진 독은 필사적으로 악을 쓰고 있었다. 독을 보고 있노라니 하진은 마음이 불편했다. 명과 자신의 관계 역시, 달콤한 꿀로 가득찬 벌집 속에서 이토록 독을 품고 있는 벌들과 결국 마찬가지 아닐까 하는 생각이 스쳐갔다.

새벽녘, 하진이 몇 번의 악몽을 꾸고 겨우 눈을 떴을 때 명은 가고 없었다. 예상했던 일이었지만 집에 가득한 벌들과 함께 그녀를 내버려 두고 기척도 없이 가 버린 그가 오늘은 좀 야속했다. 공무원 시험 준비를 하고 있는 명은 매일같이 첫차를 타고 국립대학도서관에 가서 공부를 했다. 그의 성실함과 의지력에는 감탄하고 있었지만 예외 없는 그의 일상에서 자신의 존재는 책 한 권보다 하찮게 느껴질 때가 종종 있었다.

"벌들은 침을 한 번 쏘고 나면 죽어요."

구조대원은 벌침을 비닐봉투에 넣으며 말했다.

"꿀벌 침은 내장에 갈고리처럼 연결돼 있거든요. 침을 쏘면 내장이 파열돼서 죽는 거죠. 참 아이러니해요. 자신을 지켜 주는 무기가 결국은 스스로를 파괴한다니."

한여름의 뙤약볕은 여전히 그들이 서 있는 거실을 뜨겁게 내리쬐었다. 몹시 더워 보이는 보호복을 입은 채로 자신과 마주 서 있는 그에게 하진은 목례를 했다.

"더운 날 이런 일로, 죄송해요."

"가끔 있는 일인 걸요."

구조대원은 장비들과 벌집이 든 비닐봉투를 들고 하진에게 인사를 한 뒤 집을 떠났다. 하진은 거실 바닥에 털썩 앉은 채 벌집이 사라진 베란다를 오래도록 바라보았다.

명과 약속한 장소로 나가면서 하진은 마치 첫 면접시험을 볼 때처럼 마음이 떨려 왔다. 긴장감과 조바심, 그리고 이상하게도 약간의 기대감마저 드는 것 같았다.

"은지가 밥 한 번 산다는데. 같이 볼래?"

그렇게 물으면서도 명은 당연히 하진이 거절해 주기를 바랐다. 하진에게 보고하지 않고 은지를 만난다면 나중에 큰 싸움이 될까 봐 어쩔 수 없이 이야기했고, 하진이 둘의 관계를 신경 쓰고 있다는 걸 알기에 같이 보겠냐고 물었지만, 그는 하진이 그 제안을 당연히 거절하리라고 여겼었다. 그런데 명의 생각과는 달리 하진은 고개를 끄덕였다.

"그러지, 뭐."

"괜찮겠어?"

"뭐가?"

"잘 모르는 사람 만나는 거 별로 안 좋아하잖아. 불편하지 않겠어?"

"너랑 친한 후배잖아. 나도 친해지면 나쁠 것 없지."

그가 먼저 자신의 의사를 물어 놓고, 막상 가겠다고 하니 자꾸 되묻는 것이 하진은 신경 쓰였다. 그러다 보니 마음은 더욱 확고해졌다.

하진이 카페에 도착해 명과 은지가 앉아 있는 자리로 걸어올 때까지, 둘은 그녀가 온 것을 눈치 채지 못한 채 웃고 떠들고 있었다. 마침내 하진이 가방을 내려놓자 명은 그제야 고개를 돌려 그녀를 보았다.

"왔어?"

하진은 자신의 얼굴 근육에 잔뜩 힘이 들어가 있음을 느끼며 그것을 풀기 위해 조금 과장되게 웃었다.

"전에 서로 봤지? 따로 소개 안 해도 되지?"

명도 약간 긴장한 듯 말이 좀 빨라졌다. 카페에는 처음 듣는 음악이 흘러나오고 있었다. 식사와 차, 그리고 간단한 주류까지 겸할 수 있는 이곳의 메뉴는 전문성은 없었지만 편리해 보였다.

주문한 음식과 술이 나오자 은지는 하진에게 먼저 술을 권했다. 하진이 뭐라 말하기도 전에 명이 먼저 손사래를 쳤다.

"얘는 술 안 마셔."

"어머, 정말요?"

"뭘 그렇게 놀라요?"

하진은 은지에게 도로 잔을 건네며 말했다. 술 안 마시는 사람 처음 봐요? 라는 말까지는 속으로 삼켰다.

"선배 같은 사람이 술 안 마시는 여자를 사귈 거라곤 생각을 안 해 봐서요."

"내가 왜? 나 술 안 마시는 여자 좋아해."

"어머."

어머, 라니. 그런 문어체 감탄사를 습관처럼 내뱉으며 눈을 동그랗게 뜨는 것이 귀여워 보인다고 생각하는 걸까. 이제 그쪽도 귀여울 나이는 아니잖아. 하진은 조금 심술궂은 마음이 되었다.

"선배가 옛날에 그랬잖아요. 술 잘 마시는 여자가 좋다고."

"내가 그랬나?"

"난 그래서 선배가 나 좋다는 말 돌려서 하는 줄 알았죠. 내가 선배보다 술은 세잖아."

"어쭈."

명은 은지의 말을 적당히 웃어넘기면서 슬쩍 하진의 눈치를 봤다. 하진 역시 아무렇지 않은 듯 함께 웃으면서 곁눈질로 명의 표정을 살폈다. 명이 이 자리를 무척 불편해한다는 걸, 그녀는 쉽게 알 수 있었다. 그녀 역시 불편했다. 하지만 명과 은지가 단둘이 만나고 있는 장면을 상상하는 것은 참을 수조차 없으니 역시 오길 잘했다고, 그녀는 속으로 생각했다.

　카페에서 들려오던 낯선 음악이 여러 번 귓가를 흘러 지나가
고 마침내 익숙해질 무렵 셋은 자리를 파하기로 했다. 하진이
화장실에 다녀오겠다고 하자 은지가 따라나섰다.

　화장실이 한 칸뿐이어서 하진은 은지에게 먼저 들어가라고
했다. 기다리는 동안 거울을 보니 눈화장이 번져 무척 우스꽝
스러워 보였다. 문득 화가 치밀었다. 하진은 가방에서 물티슈를
꺼내 화장이 번진 부분을 대충 닦아 냈다. 평소에 잘 하지 않던
화장이어서 안 그래도 어색했는데 이게 대체 뭔가 싶었다.

　검정 마스카라가 묻어난 물티슈를 버리려고 하는데 은지가
들어가 있던 화장실 칸 문이 열리며 하진의 팔꿈치를 쳤다. 하
진은 낮은 신음을 내며 다른 손으로 팔꿈치를 감쌌다.

　"어머, 언니, 괜찮아요?"

　하진이 아무 말도 하지 않고 계속 아파하며 서 있으니 은지는
어쩔 줄 몰라 하며 그녀의 팔을 잡으려고 했다. 하진은 손사래
를 쳤다.

　"괜찮아요?"

　하진은 은지의 말을 못 들은 척 화장실 칸 안으로 들어갔다.
은지는 세면대 앞에서 기다리다 하진이 나오니 다시 물었다.

"언니, 괜찮아요?"

"괜찮은지 나도 잘 모르겠으니까 그만 물어요."

하진은 손을 씻고 화장실을 나왔고 은지는 겸연쩍어하며 뒤따라 나왔다. 명이 계산대 앞에 있었다.

"선배, 이건 내가 산다고 한 건데."

"다음에 사."

카페 밖으로 나오며 명이 은지의 어깨를 두드렸다.

"우리랑 택시 같이 타고 가자. 늦었는데, 바래다줄게."

"아니에요. 방향도 다르고. 그냥 갈게요."

은지가 하진의 눈치를 살피며 대답하고는 얼른 인사를 했다. 명은 은지를 먼저 택시에 태워 보내고는 뒤에 오는 택시를 잡았다. 하진은 택시 안에서 창밖만 쳐다봤다. 십여 분을 서로 아무 말 없이 앉아 있다가 명이 먼저 말을 꺼냈다.

"왜 그래? 사람 불편하게."

"내가 뭘?"

"말도 별로 안 하고, 잘 웃지도 않고."

"둘이 계속 옛날이야기 하는데 내가 무슨 말을 해?"

"가는데 인사도 안 하고."

택시 기사가 백미러로 둘을 힐끔 쳐다보았다. 하진은 여전히 창밖으로 시선을 고정한 채 다시 입을 열었다.

"계산은 왜 네가 했어?"

"그럼 후배보고 계산하라고 해?"

"선후배가 무슨 상관이야. 걘 직장인이고 넌 수험생인데."

"이제 막 취업한 애가 무슨 돈이 있겠어."

"애초에 걔가 밥 산다고 나오라고 한 거잖아."

"됐다. 그만 하자."

명이 한숨을 쉬며 창문을 열었다. 에어컨 냉기로 가득찬 택시 안에 더운 바깥 공기가 훅 끼쳐 왔다. 명은 인상을 찡그리며 다시 창문을 닫았다. 바깥 소음이 차단되며 택시 안이 다시 고요해졌다. 하진의 집까지 가는 길이 그날따라 많이 막혔다.

번역 원고를 마감에 겨우 맞춰 보낸 하진은 커피를 마시며 베란다를 바라보았다. 벌집 제거 후 며칠 동안은 베란다 바깥 창문 밖에서 몇 마리의 벌들이 맴돌다 가곤 했었다. 하지만 이제 벌집도, 벌의 흔적도 남아 있지 않았다. 달콤하고 단단하게 지어졌던 그들의 집은 이제 허구가 되었다. 사람과 사람 사이에 쌓이는 온갖 흔적들처럼.

하진은 휴대폰으로 페이스북에 접속했다. 프로필 화면에는 여전히 행복해 보이는 그들의 커플 사진이 있었다. 사진 속의 명과 하진의 얼굴은 비현실적으로 밝게 보였다. 사진은 과거의 순간들을 포착해 추억으로 남겨 주지만 때론 현실을 이렇게 왜곡하기도 하는 것이었다. 이 속에 그들의 흔들림과 불안은 어디에도 없었다.

만나는 기간이 길어지면서 그들 사이는 분명 틈이 벌어지고 있었다. 그러나 명은 이런 상황에 대해 어떤 심각한 말도 하지 않았다. 그러는 동안에 하진의 페이스북에는 명과 함께 찍은 예전의 다정한 사진들이 하나둘 새롭게 올려졌고, 그들은 가상의 공간에서 여전히 행복한 커플이었다.

하진은 페이스북에 올려져 있는 사진들을 보며 무슨 생각을 골똘히 하다가 갑자기 눈을 감았다. 그리고는 숨을 한 번 크게 들이쉬고는 명에게 전화를 걸었다. 도서관에 있는 시간이라 명은 한참 만에 전화를 받았다.

그날 택시 안에서의 작은 말다툼 이후 하진이 먼저 전화한 것은 처음이어서, 명의 목소리는 평소보다 약간 더 밝았다.

"이제 기분 좀 풀린 거야?"

"나 유산했어."

"뭐? 잠깐만."

명이 자리를 옮기는 듯 잠시 말을 멈추었다가 다시 물었다.

"그게 무슨 소리야? 임신했었어?"

"은지 만난 날, 화장실에서 걔가 문을 확 여는 바람에 부딪쳐

서 넘어졌는데, 그날 밤에 하혈했어. 임신이었다는 건 나도 다음 날 병원 가서 알았어. 자연유산 됐대."

"왜 이제 이야기해? 몸은 괜찮아?"

"괜찮아. 말 안 하려다 하는 거야."

하진은 전혀 있지도 않았던 일을 명에게 사실인 것처럼 이야기하며 그런 자신에게 스스로 놀랐다. 말 하나를 만들어 내니 뒷말은 마치 마술처럼 신기하게 와서 붙었다. 명은 잠깐 침묵하며 낮게 한숨을 내쉬더니 말했다.

"미안해. 두 번씩이나. 앞으론 내가 더 신경 쓸게."

지난여름 하진은 명의 아이를 가졌었다. 그리고 그 사실을 알고 얼마 되지 않아 인공 유산을 했다. 명은 아이를 낳을 것인지 말 것인지를 묻지 않았다. 수술을 언제 할 거냐고 물었고 보호자가 있어야 하느냐고 물었다. 그녀도 아이를 키울 자신은 없었다. 지금과 마찬가지로 그때도 그녀는 프리랜서로 간단한 번역 일만 하고 있었을 뿐이었고 명은 공무원 시험공부를 막 시작했을 때였다. 명이 그때 아이를 낳자고 했더라도 하진은 갈등에 휩싸였을 것이다. 하지만 설령 그랬다 하더라도, 그래서 그녀가 더 고민하고 괴로워하고 그러다 같은 결정을 내렸다 하더라도, 명이 그때 다르게 말했더라면 둘의 관계는 지금보다는 나았을 거라고 하진은 생각했다.

하진은 혼자 병원에 가서 수술을 받았다. 그래서 그녀는 명이 그날 자신의 고통에 대해서도 잘 알지 못한다고 생각했다. 마취를 했지만 통증이 심했고 생판 모르는 간호사의 손을 잡고 눈물을 줄줄 흘렸다. 병원을 나설 때는 마취 기운이 남아 머리가 아프고 헛구역질이 났다. 비척거리며 내려와 택시를 잡아타고 집으로 오면서 그녀는 명과 헤어져야겠다는 생각을 했었다.

그러나 다음 날 만난 명은 여느 때와 다름없이 다정했고 달콤한 말들을 속삭였다. 명의 숨소리, 그의 들숨과 날숨으로 뒤섞이는 포근한 공기에 그녀의 결심은 쉽게 무력해졌다. 몸 상태도 곧 나아졌고 그날의 일은 부주의했던 한 번의 실수라 여기며 서로 함구했다. 마치 공범자들끼리의 무언의 약속 같은 것이었다.

그 일과 관련해서 둘 사이에 특별히 눈에 보이는 갈등은 없었다. 하지만 시간이 지날수록 그녀는 그가 하는 행동들이 자꾸 의무감에서 비롯된 것으로 여겨졌고 진심을 의심하게 됐고 그러면서도 그에게 집착했다. 명 또한 그녀를 대하기가 예전처럼 편하지 않았을 것이다. 그래서 그들의 연애는 과장됐고 부풀려졌다. 무사하다고, 이렇게 행복하고 편안하다고. 그걸 증명해 주는 것이 바로 사진이었다. 하진은 휴대폰 배경에 떠 있는 커플 사진을 가만히 바라보다가 화면을 꺼 버렸다.

아침에 눈을 뜨자마자 화장실로 갔던 명은 잠시 후 굳은 표정으로 나와서 하진의 앞에 섰다.

"이거 뭐야?"

그는 하진에게 자신의 휴대폰을 내밀었다. 지난밤 하진은 명의 휴대폰으로 은지에게 메시지를 보냈었다.

"걔도 알아야지."

"그게 무슨 말이야? 은지가 왜 알아야 하는데?"

"은지 때문에 유산된 거잖아."

몇 번 말하다 보니 이젠 정말 사실처럼 여겨져서 하진은 진심으로 울컥했다. 원망과 서러움이 담긴 하진의 대답에 명은 목소리를 조금 낮췄다.

"그게, 확실한 것도 아니잖아. 그리고 어차피 지금 아이를 낳을 수 있는 상황도 아니고."

"그래서, 차라리 다행이란 거야?"

"그런 뜻이 아니잖아."

그때 명이 들고 있던 휴대폰에 메시지 도착을 알리는 소리가 났다. 명은 메시지를 확인하더니 한 손을 이마에 대며 말했다.

"은지가 그러는데, 그날 네가 넘어지지도 않았다는데."

"걘 술에 취했었어. 대체 누구 말을 믿는 거야?"

"믿고 안 믿고가 아니라, 은지 탓을 할 필요는 없다는 거야."

하진은 눈물이 글썽해진 채로 명을 쏘아보다가 방으로 들어갔다. 그녀를 따라 들어와 침대 위에 걸터앉은 명은 잠시 동안 아무 말이 없었다. 잠깐의 침묵이 무척이나 길게 느껴졌다. 하진은 어서 명이 이 침묵을 깨 주기를, 침묵 속에 흐르고 있는 그녀의 불안한 감정들을 모두 열어 주기를 바랐다. 차라리 둘의 관계에 대한 근본적인 문제를 터놓고 이야기할 수 있다면, 그렇다면 희망이 있을 것도 같았다. 그러나 잠시 후 명의 입에서 나온 이야기는 그녀의 기대를 무참히 깨뜨렸다.

"이번 달 시험 치고 말야, 강원도 여행 어때? 친구들이 커플 여행 가자고 했어. 1박 2일로."

그녀는 고개를 들어 명을 가만히 바라보았다. 그가 하고 싶은 말은 정말 이것이었을까. 명은 참고 있는 것일까, 아니면 외면하고 있는 것일까. 모든 것이 혼란스러웠다.

명은 그녀를 가만히 안았다. 그의 숨결이, 그의 체온이, 그의 살 내음이 하진의 숨을 막히게 했다. 그녀는 명과 함께 있는 것이 여전히 좋았다. 그래서 더 머릿속이 복잡했다. 그가 좋은 건 분명한데 순간순간 멀게 느껴졌고 자꾸만 외로워졌다.

"잠깐만."

자신을 침대에 눕히려는 그의 손을 잡아 내리고 그녀는 가디건을 벗었다. 명의 눈은 그녀의 오른쪽 어깨에 있는 흉터에 머물렸다. 처음 자신의 어깨와 팔의 상처를 보고 외면하던 그를 본 후, 이제껏 하진은 그 앞에서 긴 옷을 벗어 본 적이 없었다. 함께 잘 때도 마찬가지였다. 그는 언제나 어둠 속에서만 살을 맞댔다.

"왜 그래, 갑자기."

"그냥. 더워서."

명은 잠자코 있더니 일어나서 커튼을 치고 다시 그녀의 옆에 앉았다. 창으로 들어오던 빛이 차단되자 방은 어두워졌고 그녀의 어깨 흉터도 그 어둠에 가려졌다.

"커튼 열어."

명은 대답하지 않고 그대로 앉아 그녀의 머리카락을 쓰다듬었다. 하진은 일어나 커튼을 열고 다시 명의 옆에 앉았다. 명은 후, 하고 한숨을 내쉬더니 자리에서 일어났다. 그리고는 잠시 그녀를 바라보더니 가방을 챙겨 들고 방을 나섰다.

"내일 전화할게."

하진은 그가 떠나지 않기를 바랐지만 명은 끝내 문을 열고 가 버렸다. 쿵. 현관문을 닫는 소리가 가슴을 쳤고 어찌할 틈도 없이 눈물이 방바닥으로 뚝뚝 떨어졌다.

그녀가 먼저 전화를 걸지 않아도 명은 하루에 한 번씩 꾸준히 전화를 했다. 오직 그것만이 그들 사이의 팽팽히 당겨진 줄을 끊기지 않고 유지하는 방법이라는 듯이. 그들의 대화는 지나치게 무난했고 그래서 더 위태로웠다. 서로 해야 할 말이 분명히 있었지만 여전히 겉돌기만 했다.

"우리, 할 이야기가 있지 않아?"

결국 하진이 먼저 칼을 들었다. 수화기 건너편에서 명은 잠시 숨을 멈췄다. 짧은 침묵이 흐른 후에 그는 말했다.

"그동안 신경 못 써서 미안. 다음 주에 시험 치고 나면 자주 갈게. 강원도 같이 갈 거지? 친구들한테 간다고 이야기해 놨어."

"그게…… 다야?"

명은 자세한 건 나중에 다시 이야기하자며 서둘러 전화를 끊었다. 이런 순간이면 언제나 회피하는 듯한 명의 진심이 무엇인지 하진은 늘 혼란스러웠다. 정말 그게 다야? 시험 준비 때문에 자주 만나지 못하는 것, 그것이 우리 사이에 있는 갈등의 전부인 거야? 우리 사이의 균열은? 내 상처는? 1년 전에 사라진 우리의 아이는? 내 흔들리는 마음은? 의무감과 책임감으로 가득한 너의 무거운 마음은?

전화를 끊으니 휴대폰 바탕화면에는 여전히 행복해 보이는 둘의 얼굴이 있었다. 분명 현실이었지만 이제는 그 모든 것이 비현실적으로 생각되는 과거의 어떤 지점에서만 그들은 함께 존재했다. 그녀는 휴대폰 배경 사진이 등록된 페이지로 들어가 휴지통 모양의 아이콘을 클릭했다. 삭제하시겠습니까? 이유조차 묻지 않는 너무도 간단한 단답형의 물음 앞에서 그녀는 잠시 멈칫했다. 그러나 곧 확인 버튼을 눌렀고, 그들의 눈부셨던 과거가 눈앞에서 사라지는 데는 1초도 걸리지 않았다.

하진은 페이스북에 올려진 사진까지 모조리 지운 뒤 명에게 다시 전화를 걸었다. 여러 번 벨이 울린 끝에 명은 몹시 지친 듯한 목소리로 전화를 받았다. 지금은 별로 이야기하고 싶지 않은 기분이라는 것을, 그는 목소리 톤으로 돌려서 표현했지만 그녀는 개의치 않았다. 지금 말하지 않으면 또 다시 위태로운 줄을 붙든 채 힘겹고 의미 없는 지탱의 시간만 보내게 될 것이므로.

"나, 너하고 여행 가지 않아."

"그게 무슨 말이야? 이미 친구들에게 말해 놨는데."

"헤어져, 우리."

그녀가 발음한 '헤어져'라는 말의 소리가 낯설게 들렸다. 마치 다른 전화기에서 혼선되어 들리는 듯한 목소리였다. 명은 긴 시간 침묵하다 입을 열었다.

"난 그래도 최선을 다했어."

"그래, 넌 최선을 다했어. 그걸로 됐어."

하진은 휴대폰의 종료 버튼을 눌렀다. 명은 끝까지 그녀의 마음을 알지 못했다. 어쩌면 그녀 역시도 마찬가지였을 것이다. 명이 무엇에 최선을 다했는지, 그 감정은 의무감과 책임감이었는지 아니면 사랑이었는지, 명이 망설이고 피해 왔던 것 무엇이었는지, 그녀 역시 끝까지 알지 못했다.

하진은 전화기를 내려놓고 베란다를 바라보았다. 달콤한 꿀로 만든 벌집은 이제 없고 그 집 안에서 독을 품고 있던 벌들도 모두 죽었다. 사라진다는 것은 존재했었다는 증거가 될까. 벌집이 있었는지, 벌들이 그녀의 베란다에 머물고 있었는지, 이제는 그 어떤 것도 확신할 수가 없다.

창밖으로는 노을이 붉게 내리고 있었다. 도시의 노을은 아름다우면서도 우울했다. 고층 건물에 가려져 조각난 색채가 그녀의 가슴으로 번져 왔다. 그녀의 인생에서 가장 길고 외롭게 느껴질 오늘도 결국은 과거의 한 지점에서 바래져 갈 것이고, 둘의 이별과는 상관없이 흘러가는 일상의 순간들이 아무렇지도 않게 또 지나갈 것이다.

노을로 물드는 붉은 하늘 속에서 구름은 불안정하게 이리저리 떠다녔다. 독을 품은 채 꿀을 나르던 벌들의 위태로운 비행처럼. 문득 서늘함을 느끼며 하진의 몸이 떨렸다. 그녀의 몸에 돋은 소름은 오래도록 가라앉을 줄 몰랐다.

해산
(解産)

"에미가 죽었는지 살았는지 들여다보지도 않더만 팔자는 좋았는갑다."

1년 만에 내 얼굴을 본 엄마는 질타와 빈정거림이 섞인 목소리로 말했다. 10킬로가 찐 데다 붓기까지 있으니 한눈에도 몸이 분 티가 났을 것이다. 그렇다 해도 아이를 낳은 지 닷새밖에 되지 않은 여자의 얼굴이다. 산고의 흔적이라곤 생각지 못하더라도 분명 어딘가 성치 못하다고 여길 법도 한데 엄마는 끝내 모른 척한다.

모른 척, 이라고 나는 생각한다. 정말 모르는 것이 아니라 모르는 척하는 것이라고. 언제나 그래 왔듯이 엄마는 나와의 간격을 좁히려 하지 않는다. 하지만 오래 묵은 거리감과 일관된 냉소가 오늘만큼은 편하다.

"좀 잘게요. 피곤해."

"피곤하다고 자고 배고프다고 먹고 그러면 살찌는 거다. 사람이 부지런하게 살아야지."

더 이상 대꾸할 힘이 없어 그냥 쪽방으로 들어와 버렸다. 평소에 창고처럼 쓰는 방이라 온기가 없었다. 가지고 온 무릎담요를 바닥에 깔고 외투를 덮었다. 몸이 덜덜 떨리며 뺨을 타고 눈물이 길게 흘러내렸다. 아이를 잃은 후 첫 눈물이다. 허전하게 꺼진 배를 가만히 쓸어 보았다. 열 달 동안 보름달처럼 부풀었던 자궁이 완전히 제 모습으로 돌아가진 않아 아직 뱃속에 뭔가 있는 것 같은 느낌이 든다. 꼭 처음 임신을 확인했을 때처럼.

그때 아이는 이미 내 안에서 많이 자라 있었다. 초음파로 얼굴, 팔, 다리는 물론이고 눈, 코, 입의 형태도 보였다. 묻지도 않았는데 의사는 성별까지 알려 주었다.

"딸입니다. 그런데."

의사는 조금 뜸을 들이더니 말했다.

"낳으실 겁니까?"

"안 낳으면요?"

의사는 내 반문에 조금 당황한 듯했다.

"미혼이시라서……. 혹시나 원치 않는 임신이더라도 지금은

142

태아가 너무 커 버려서 법적으론 인공유산이 어렵습니다."

법적으론, 하고 단서를 다는 걸 보니 실제로는 다른 방법이 있다는 뜻이었을 것이다.

"낳을 거예요."

집에서 임신 테스트를 하고 병원으로 가며 어떤 결심을 미리 했던 건 아니었다. 우선은 테스트기의 빨간 줄이 너무도 선명했고 혹시 오류가 아닌지 그저 정확하게 확인을 해 보려 했을 뿐이었다. 하지만 초음파에 찍힌 아이의 모습을 보니 다른 생각은 할 수가 없었다.

병원에 다녀오자 태아는 이제 마음 놓고 커 버리겠다고 작정이라도 한 듯했다. 순식간에 배가 불러왔다. 일하던 호프집의 여주인이 자꾸 내 배를 힐끔거리는 것 같아 일은 그만두었다. 안 그래도 담배 연기와 술 냄새가 뒤섞인 공기가 속을 자주 흔들어 놓던 차였다.

재훈에겐 연락하지 않았다. 어차피 나와의 오랜 관계를 접고 가정으로 돌아가겠다고 마음먹은 그였다. 아이가 생겼다고 그의 마음이 달라질 리 없었다. 그는 내게 아이를 낳지 말라고 설득할 게 분명했고, 그럼에도 불구하고 나는 낳겠다고 했을 것이다. 그렇게 되면 결국 아이의 존재는 그의 안온한 일상의 창에 난데없이 날아드는 기분 나쁜 돌팔매로 전락하고 말았을 것이다. 내 뱃

속에서 꿈틀대며 나와 함께 숨 쉬던 그 아이가 말이다.

하지만 그런 생각마저도 이제 아무 의미 없는 게 돼 버렸다. 아이는 없다. 내게는 재훈도 없고 그의 아이도 없다. 마치 아무런 일도 내게 일어나지 않았던 것처럼, 누구도 내 곁에 머물지 않았던 것처럼, 파도가 쓸고 지나간 모래사장엔 누구의 발자국도 남지 않았다.

잠을 깨니 온몸은 두드려 맞은 듯이 쑤시고 젖이 가득 찬 가슴은 도려내고 싶을 정도로 아팠다. 병원에서 젖 말리는 약을 처방해 주었지만 아직 약의 효과보다는 산모의 호르몬이 더 빠르게 내 몸을 휘돌고 있는 모양이다. 아무래도 화장실에서 젖을 짜내야 할 것 같아 방문을 열고 나오니 홀에선 낯익은 남자 둘과 엄마가 담배를 피우며 술잔을 기울이고 있었다. 간판만 다방일 뿐, 시골구석에서 커피만 팔아 먹고살기는 힘들다고 했다. 단속을 피해 술도 팔았고 농한기에는 홀 안쪽에 딸린 살림방에서 은밀하게 도박판도 벌어졌다. 그래도 엄마는 티켓다방이 아니라는 점에 대단한 자부심을 보였다. 내가 볼 때는 이러나저러나 어차피 모두 다 불법이긴 매한가지이고 또 한편으론 다 먹고 살기 위해 하는 일이니 뭐가 더 나쁘다고 말할 수는 없을 것 같았지만.

"어, 딸내미 왔었네. 여기 앉아서 술 한잔 하지."

초로의 두 남자 중 머리가 벗겨진 쪽이 말했다. 나는 손을 내저으며 사양하고 얼른 홀을 빠져나왔다.

다방 바깥에 있는 화장실에 들어가 소변을 보았다. 아직 오로(惡露)가 있어 변기 속이 붉게 물들었다. 윗옷을 올려 브래지어를 풀고 퉁퉁 분 젖을 한쪽씩 짜냈다. 핏빛 변기에 뽀얀 젖이 흘러들었다. 다방 화장실에 오래 배어 있던 담배 냄새와 찌든 오줌내, 그리고 내 몸에서 나온 피비린내와 젖내가 한데 뒤섞여 나를 숨 막히게 했다. 몸의 통증과 후각의 고문 앞에 슬픔은 자리할 곳이 없었다. 마음보다 앞서는 몸의 느낌이 오늘따라 유독 경멸스러웠다.

다시 홀을 지나 쪽방으로 들어가려는데 갑자기 현기증이 났다. 벽을 붙잡고 서서 현기증이 가라앉길 기다리고 있으니 제법 취기가 오른 듯한 엄마의 목소리가 들렸다.

"내가 저 딸년만 안 낳았어도 벌써 팔자 고치고도 남았지."

술만 마시면 빠지지 않는 레퍼토리.

"윤 마담 고생하고 산 거 내 잘 알지. 여자 혼자 자식 키우며 살기가 어디 쉽나."

저들도 분명 여러 번 들은 이야기이겠지만 지겨운 내색 없이 장단을 맞춘다.

"저년 사춘기 때는 내가 또 얼마나 속을 썩였는지. 에미는 지하나 먹여 살리려고 파출부 하랴 하숙 치랴 몸이 열 개라도 모자라는데 저것이 에미 속도 모르고. 너 중2 때였나?"

엄마는 이제 막 현기증이 가신 내 얼굴을 보며 동의를 구하는 듯하더니 이내 두 손님 쪽으로 다시 몸을 돌려 말을 잇는다.

이곳에 오는 게 아니었다. 차라리 찜질방의 소란함 속에 몸을 누일지언정 이런 상태로 엄마에게 오는 것이 아니었다. 물론 선택의 여지는 별로 없었다. 일을 그만두고 방 보증금을 빼서 찜질방과 모텔을 전전하며 지내 온 터였다. 그나마 남은 돈으론 병원비로도 모자라서 제임스가 돈을 보태 주었다.

"갈 데 없으면 당분간 우리 집에서 지내도 괜찮아."

퇴원 수속을 마치고 병원 로비에 망연히 서 있는 나를 보며 제임스는 말했었다.

"네 여자친구가 싫어할 걸."

"상황을 잘 설명하면 아마 이해해 줄 거야."

"넌 여자 마음을 몰라."

그래서 네가 자꾸 상처받는 거야, 제임스. 그는 한국에 살면서 네 번의 연애를 했지만 번번이 여자들에게 차였다. 그 원인 가운데는 나라는 존재도 포함되어 있을 게 분명했다. 베스트 프렌드라는 명목으로 이성 친구와 가깝게 지내는 남자를 포용

하는 한국 여자는 흔치 않다. 나는 그런 사실을 감지하고 있으면서도 제임스를 멀리하지 못했다. 그것은 어쩌면 나의 이기심이었을 것이다.

"그럼 언제라도 내가 필요하면 연락해."

제임스는 걱정이 가득한 얼굴로 내 손을 잡았다. 그의 말은 결코 인사치레가 아니었을 것이다. 하지만 더 이상 그에게 신세를 질 수는 없었다.

출산 예정일을 2주 앞두고 병원에 갔을 때 아이의 심장은 멎어 있었다. 수술을 하든 유도분만을 하든 보호자가 있어야 한다는 이야기를 듣고 제임스에게 전화를 했다. 그는 재훈에 대해선 묻지 않았다. 그 상황에서 자신에게 연락한 것만으로도 대강의 상황을 충분히 짐작할 수 있었을 것이다. 내가 말하고 싶어 하지 않는 일에 대해서 언제나 먼저 눈치 채고 침묵해 주는 점은 제임스의 장점 중 하나였다.

수술비가 부담이 되기도 했지만, 수술을 하면 회복 기간이 오래 걸리는 점이 염려되어 유도분만을 하기로 했다. 하지만 본격적인 진통이 시작되자 후회가 몰려왔다. 내 몸 속에서 이미 죽은 아이는 밖으로 나오려 애쓰지 않으니 분만은 온전히 나 혼자만의 힘으로 해야 했다. 진통 내내 제임스가 손을 잡아 주었지만 너무도 극심한 고통 앞에 어떤 위안도 느낄 수가 없었다.

오랜 진통 끝에 아이의 몸이 내게서 빠져나가자 아이를 잃었다는 절망보다 고통이 끝났다는 후련함이 먼저 찾아왔다. 의사는 아이의 목에 탯줄이 감겨 있어 이렇게 된 것 같다며 엄마의 잘못은 아니니 자책하지 말라고 위로했다. 후처치를 하는 동안 간호사가 아이의 얼굴을 보겠느냐고 물었다. 나는 잠시 망설이다가 그러겠노라고 했다. 핏물과 양수가 뒤범벅이었을 아이는 어느새 말끔하게 씻겨져 내게로 왔다. 짧은 시간 내 눈에 담긴 아이의 얼굴은 봄꽃보다 예뻤다. 갓 태어난 아이가, 아니, 태어나기도 전에 이미 눈감은 아이가 이렇게 예쁠 수 있다는 사실이 믿을 수 없을 정도였다.

아이를 다시 간호사에게 건네고 회복실로 옮겨져 누워 있는데 제임스가 얼굴이 붉어진 채 씩씩거리며 들어왔다.

"무슨 일이야?"

"아기 시신을 병원에 기증하라고 하잖아. 의사 새끼 얼굴을 한 방 먹이려다 끌려 나왔어."

"제임스."

"걱정 마. 아기는 내가 잘 보내 줄게. 넌 아무 생각 말고 좀 쉬어."

몇 시간 후 제임스는 작은 상자에 담긴 아이를 조심스레 안고 왔다. 얼굴을 한 번 더 보겠냐고 그가 물었지만 나는 고개를 저었다. 상자를 가슴에 꼭 품은 채 병실을 나가는 그의 뒷모습이 나를 안도하게 했다.

술기운이 오른 엄마의 목소리는 점점 커져 내가 누워 있는 쪽 방의 허술한 문틈을 타고 들어왔다. 지겹도록 들어온 엄마의 과거. 그것은 또한 나의 과거이기도 했으나 내 기억과 엄마의 이야기는 군데군데 달랐다. 엄마는 자신을 비련의 여주인공으로 만들기 위해 우리의 과거를 각색했고 어떤 사실은 은폐했으며 또 어떤 일들은 과장했다. 그렇게 바뀐 이야기들을 계속해서 듣다 보니 내 기억이 잘못된 것인가 하는 착각이 들 정도였다. 하지만 아무리 그래도 결코 바뀔 수 없는 사실 하나가 있다. 바로 지금 엄마가 이야기하고 있는 내 가출 사건과 관련된 일이다.

그때 엄마와 나는 방 두 칸짜리 빌라에 살고 있었다. 근처에 사립대학이 하나 있어서 엄마는 방 한 칸에 하숙생을 들였는데, 내가 중학교 올라가던 해에 들어왔던 종현이란 사람은 내게 좀 특별했다. 그동안 나를 어린애 취급하던 여느 하숙생들과는 달리 종현은 나를 하나의 인격체로 대접해 주었다. 그때 당시로선 내게 꽤나 강렬하게 느껴졌던 일본 작가의 소설들을 빌려 주는가 하면 자신의 방으로 나를 불러 다소 듣기 괴로운 하드록 음악을 들려주기도 했다. 취향의 여부를 떠나서 나는 그가 나를 자신과 같은 어른처럼 대해 주는 것이 좋았다.

사춘기에 접어든 대부분의 여자애들이 그렇듯이 나 또한 쉽게 부푸는 마음을 어쩌지 못했다. 그가 빌려 준 책들에 표시된 밑줄들이 마치 내게 보내는 비밀스런 전갈처럼 느껴졌고, 그의 방에서 함께 음악을 들을 때면 공연히 몸에 열이 오르는 것 같았다. 그의 가늘고 긴 손가락이 어쩌다 내게 닿기라도 하면 급격히 빨라진 심장 소리가 그에게까지 들릴 것만 같아 쓸데없는 말들을 쏟아 내놓고 금세 후회하기도 했다.

어서 어른이 되고 싶었다. 단발머리에 칙칙한 교복 따위가 아니라, 긴 갈색 머리에 하늘거리는 원피스를 입고 그와 팔짱을 낀 채 어디든 걷고 싶었다. 아직 단단히 여물지 못한 풋과일 같은 마음이었지만 그 당시엔 내게 무엇보다 소중한 꿈이었다.

그러던 어느 초여름 밤, 종현이 종강 파티를 했다며 술을 제법 마신 얼굴로 집에 들어왔다. 그는 술을 마신다고 해서 크게 달라지는 타입은 아니었다. 그저 얼굴이 좀 불그스레해지고 웃음이 많아질 뿐이었다. 간혹 선물이라며 뽑기 기계에서 건져 온 인형 같은 것을 내밀기도 했다. 그날도 그는 손에 토끼 인형 하나를 들고 와 내게 건네고 자신의 방으로 들어갔다. 나는 머리맡에 인형을 놓아두고 기분 좋게 잠이 들었다.

한밤중에 잠에서 깼는데 부엌에서 엄마와 종현의 웃음소리가 들려왔다. 그리고 곧이어 잔 부딪치는 소리도 들려왔다. 뭐야, 엄마는. 또 술이야. 잠결에도 얼굴이 찌푸려졌다. 방문이 살짝 열려 있어 식탁 위의 백열등 빛이 문틈으로 새어 들어왔다. 부엌으로 나가 볼까, 자다 깬 얼굴이 붓진 않았을까, 하며 누운 자리에서 망설이고 있는데 엄마의 목소리가 들렸다.

"현주 일기장을 우연히 봤는데, 온통 종현 씨 이야기뿐이더라. 사랑이니 절망이니 혼자 되게 심각해."

"그 나이 땐 다 그렇죠, 뭐. 한창 사춘기니까."

나는 둘의 대화에 얼굴이 붉어짐을 느끼며 입술을 깨물었다. 엄마가 내 일기장을 몰래 본 것도 화가 났지만, 그걸 종현에게 우습게 이야기해 버린 것은 더욱 견딜 수가 없었다. 또한 그가 나를 그저 사춘기를 겪는 여자애로 생각하고 있다는 것도 충격이었다.

"자긴 뭐 어른인 것처럼 얘기하네."

"어른이죠, 그럼."

"내가 보기엔 종현 씨도 아직 어려. 후훗, 이것 봐. 긴장하기는."

내가 느낀 모멸감이 채 가시기도 전에 엄마는 내게 더 큰 상처를 안겨 주었다. 엄마의 말이 끝난 후 얼마간 이어진 둘의 침묵, 의자를 미는 소리, 그리고 짙어지는 숨소리. 나는 뜨고 있던 눈을 질끈 감으며 몸을 더 웅크렸다.

"제 방으로 들어가요."

"괜찮아. 여기서 해."

"현주가 깨면……"

"쟤는 잠들면 누가 업어 가도 몰라. 그냥 여기서 해."

스르륵하고 옷이 바닥에 풀어지는 소리, 살과 살이 맞닿는 소리, 더욱 거칠어지는 숨소리, 간신히 참아 내다 끝내 터져 나오고 마는 낮은 탄성들. 어둠 속에 홀로 웅크리고 있는 내게 그들이 빚어내는 소리들은 하나도 빠짐없이 들려왔다. 아무것도 보이지 않으니 청각은 더욱 예민해졌다. 두 귀를 잘라 내고만 싶던 그 순간, 엄마를 용서할 수 없다고 생각했다.

그때 엄마는 서른다섯이었다. 젊은 나이에 남편도 없이 홀로 딸을 키우며 사는 여자의 외로움과 고단함에 대해, 어른이 된 지금은 어느 정도 짐작할 수 있다. 하지만 지금도 여전히 납득하기 어려운 일은, 내가 그를 좋아하고 있다는 사실을 알았으면서도 한순간의 욕망을 충족하기 위해 그와 몸을 섞었다는 사실이다. 단언하건대 엄마는 그를 진심으로 좋아하지도 않았다. 그 일이 있은 후로 종현은 나를 대하는 태도가 좀 어색해졌고 엄마에게는 뭔가 자주 할 말이 있는 듯이 보였으나 엄마는 아무 일도 없었다는 듯 태연했다. 그리고 얼마 후 남자친구라며 좀 고리타분해 보이는 중년 남자를 집에 데리고 오기 시작했다. 엄마가 남자친구를 집에 데리고 온 것은 그때가 처음이 아니었지만 종현과 그 일이 있은 직후였기에 나는 모든 것이 혼란스러웠다. 어른들의 세계란 이다지도 무질서하고 어지러운 것인가, 라는 생각에 하루를 보내고 그만큼 더 성장하는 것이 두렵기까지 했다.

종현은 그 후 보름이 채 못 되어 방을 비웠다. 내게는 작별인사조차 하지 않았다.

"당분간은 현주 방이 생겨서 좋겠네."

부엌에서 엄마와 술을 마시고 있던 아저씨가 웃으며 말했지만 나는 대꾸도 않고 방으로 들어가 소리 나게 문을 닫았다.

"너, 이리 나와. 버르장머리 없이!"

"놔 둬. 저 나이 땐 다 저렇지 뭐."

무자식이 상팔자니 어쩌니 하는 엄마의 볼멘소리를 들으며 나는 가방에 옷과 비상금을 챙겨 넣었다. 그리고 독서실에 간다며 집을 나와 사흘 동안 집에 들어가지 않은 것이, 엄마가 술만 마셨다 하면 늘어놓는 가출 사건의 전모였다. 내가 집을 나갔던 이유를 엄마도 어느 정도 짐작할 수 있었으리라 생각하지만 엄마의 이야기 속에선 그 모든 상황들이 생략되었다. 그저 자신은 그때 너무도 힘들었는데 철모르는 딸자식은 사춘기 탄다고 가출도 했었다, 그런 식의 요약이었다. 수년 간을 그렇게 이야기해 오면서 어쩌면 엄마는 정말로 그때의 모든 일들을 기억 속에서 그렇게 간단히 압축해 버렸는지도 모르겠다. 하지만 나는 잊을 수도, 엄마를 용서할 수도 없었다. 어둠 속에서 내 귀에 유리 파편처럼 와 박혔던 그 소리들로 나는 오랜 시간 고통스러웠으니까.

－현주, 어디야? 몸은 좀 어때?

제임스에게서 메시지가 왔다. 휴대폰의 액정 앞에 그의 근심 가득한 얼굴이 어른거리는 듯하다.

제임스를 처음 만난 건 7년 전 구시가지에서 길을 잃었을 때였다. 나는 그때 연극을 하던 친구의 공연을 보기 위해 소극장을 찾아가던 중이었다. 간략하게 방향이 표시된 팸플릿을 가지고 있었지만 비슷비슷한 상점들이 즐비해 있던 구시가지 골목에서 나는 방향감각을 완전히 상실했다. 몇몇 상인들에게 소극장의 이름을 대며 길을 물었으나, 여기 극장이 있었나, 하며 모두들 고개를 갸웃거리기만 할 뿐이었다.

그렇게 30분을 넘게 헤매다 끝내는 연극 시작 시간을 놓쳐 버리고 실망한 채로 큰길을 찾아 나서려 할 때, 나와 같은 팸플릿을 들고 있는 제임스와 마주쳤다. 그는 나를 보고 웃으며 어깨를 으쓱해 보였다.

"극장이 없어."

외국인치고는 꽤 괜찮은 한국어 발음이었다. 우리는 극장 찾기를 포기하고 함께 밥을 먹기로 했다.

"아까 거기 이상해. 한참 걸어도 자꾸 같은 자리야."

"아마 골목들이 다 비슷하게 생겨서 그럴 거예요. 근데 왜 나한테 반말해요?"

"고등학생 아니야? 한국에서는 나보다 어리면 반말하는 거니까."

"고등학생 아니에요. 그리고 자기보다 어려도 처음 본 사람한테는 존댓말 해야 돼요."

제임스는 조금 당황한 듯 음, 음, 하더니 식탁 위에 있던 물을 마셨다.

"음, 나는 몰랐어요. 미안합니다."

그런 모습이 귀여워서 슬며시 웃음이 났다. 제임스는 한국인 어머니를 둔 미국인이었다. 1년 전 이혼한 어머니를 따라 한국에 왔는데 어머니가 얼마 전에 일본인 남자친구를 만나 도쿄로 가는 바람에 지금은 혼자 있다고 했다. 연극표는 자기가 일하는 학원의 수강생이 엑스트라로 나온다며 준 것인데, 주말 저녁에 딱히 할 일도 없고 해서 한번 와 본 것이라고, 사실 연극을 그다지 좋아하는 것은 아니니 별로 아쉬울 건 없으며, 어쨌거나 이렇게 같이 길을 잃은 사람과 밥을 먹게 된 것도 자기는 좋다고 말했다. 서툰 한국어로 그렇게 말을 이어 가는 그의 모습이 괜히 안쓰러워서 나는 다음에 또 같이 밥을 먹자고 했다. 느닷없는 내 제안을 그는 진심으로 좋아했다.

자라온 문화적 배경은 달랐지만 의외로 우리에게는 비슷한 점이 많았다. 우리는 급속도로 가까워졌다. 제임스가 나를 친구 이상의 다른 감정으로 대하고 있다는 사실을 느낀 것은 만난 지 석 달이 채 못 되어서였다. 나 역시 그에게 특별한 감정이 없다고는 말하기 어려웠다. 하지만 나는 그가 주는 암시들을 모른 척하며 선을 그었다. 타국에서 모처럼 얻은 친구를 잃고 싶지 않았던 것인지, 그는 내가 그은 선을 더 이상 넘어오지 않았다.

그때도 사실 나는 종현을 잃은 상처가 완전히 아물지 않았었다. 물론 종현에 대한 나의 감정은 소녀 시절의 치기 어린 감수성이었을 지도 모르지만, 그 사건 이후로 나를 괴롭히던 무수한 악몽들이 나는 너무도 두려웠다. 언제든 무참히 짓밟히거나 보잘것없이 버려질 수 있는 사랑이란 감정도 외면하고만 싶었다.

이미 결혼을 한 재훈과 만났던 것은 아마도 그런 두려움 때문이었을 것이다. 그는 어차피 내가 가질 수 없는 사람이니까 잃을 것도 없지, 라는 생각이 나를 안심시켰다.

내가 재훈과 만나는 것을 알았을 때 제임스는 처음으로 내게 화를 냈다. 흥분하니 영어를 빠르게 쏟아 내어 알아듣기 어려웠지만 그 가운데 몇 마디는 귀에 들어왔다.

"왜 너 자신을 소중히 여기지 않는 거야? 왜 나는 안 되는 거야?"

그리고 한동안 그는 내게 연락을 하지 않았다. 나 또한 그에게 먼저 연락할 자신은 없었다. 이렇게 멀어지는 건가, 하고 체념할 무렵 제임스는 와인 한 병을 사들고 찾아왔다. 성탄 전야였다. 서로 어색한 표정으로 마주보다가 그가 먼저 입을 열었다.

"이런 날 그 사람이 널 만나줄 리 없잖아. 오늘은 그냥 나랑 술이나 마셔."

그리고 그 이후로 그는 재훈에 대해서 더 이상 아무 말도 하지 않았다. 재훈과 나의 만남은 생각보다 길어졌고, 제임스 역시 그 동안 몇 번의 연애를 했다. 하지만 우리는 알고 있었다. 각자의 연애는 언젠가 끝이 나겠지만 우리의 관계는 끝나지 않을 것이며, 각자의 연인보다 우리 서로에게 더 많은 진심을 나누고 있었다는 것을 말이다.

―내가 널 보러 가도 될까?

지금 엄마 집에 있으며 몸은 아직 좀 좋지 않다고 제임스에게 답을 보냈더니 그가 다시 메시지를 보내왔다. 머리로는 오지 말라고 하고 싶은데, 힘들어진 마음이 그를 부르게 했다. 나는 이곳 주소를 찍어 보냈다. 그가 있는 곳에서는 차로 두 시간 남짓 걸릴 것이었다.

몸도 몸이었지만 지금은 지친 마음이 더 힘들었다. 홀에서 들려오는 엄마의 과장된 목소리를 견딜 수가 없었다. 뭔가 기대하고 온 것은 아니었지만 그래도 좀 쉬어갈 수는 있지 않을까 생각했었는데 나의 착오였다. 우선은 엄마에게서 다시 벗어나고 싶었다. 제임스, 빨리 와 줘. 나는 다시금 스르르 아파 오는 아랫배를 문지르며 중얼거렸다.

"저녁 먹을 때 다 돼 가는데 어딜 나가는 거야."

근처에 도착했다는 제임스의 연락을 받고 가게를 나서는데 엄마가 주방에서 소리치듯 말했다.

"뭐 좀 살 게 있어서. 그리고 난 밥 생각 없어요."

"아까 내가 살쪘다고 해서 그런 거냐. 그렇다고 끼니를 거르면서 살 빼면 나중에 더 찐다. 운동으로 빼야지. 그 뭐더라, 그래, 요요 현상."

"다녀올게요."

임신한 동안 나는 아이의 아빠인 재훈보다 나의 엄마에 대해 더 많이 생각했었다. 내게 엄마는 어떤 존재였는지, 나는 과연 내 딸에게 어떤 엄마가 되어 줄 수 있는지에 대해 말이다. 딸이라는 위치에서 엄마라는 위치로 자리를 이동하고 나면 그 입장을 좀 더 이해할 수 있지 않을까 하는 낙관적인 생각도 자주 했었다. 아버지 없이 딸을 혼자 키우며 사는 여자의 쓸쓸함과 서글픔도 모두 고스란히 내 것이 된다면, 그렇다면 내 삶은 더 힘겨울지라도 적어도 엄마에 대한 원망과 미움은 씻어 낼 수 있지 않을까 생각했었다.

하지만 나는 끝내 엄마가 되지 못했다. 아이를 잃었고, 엄마를 이해할 수 있는 기회를 잃어버렸다. 내가 다시 한 번 아이를 가질 수 있을까. 그건 어쩐지 자신이 없는 일이다.

제임스는 엄마 가게에서 100미터쯤 떨어진 도로 갓길에 차를 대 놓고 있었다. 차문을 열고 조수석에 앉으니 그에게서 풍겨 오는 익숙한 스킨 냄새가 내 몸을 따뜻하게 휘감았다.

"길 찾기 어렵지 않았어?"

"내비게이션이 다 알려 주잖아. 그런데 이런 시골은 처음이라서 조금 긴장했어. 여기에 현주 어머니가 사는 거야?"

"응, 나 대학 들어갈 때 여기로 와서 그때부터 다방 하시는 거야."

"다방? 다방이 뭐야?"

"커피숍. 근데 에스프레소나 아메리카노 같은 건 안 팔아."

"그럼 뭘 팔아?"

"다방 커피. 그리고 밥이나 술도 팔고. 겨울엔 고스톱 칠 수 있게 방도 빌려 주고."

"이상한 커피숍이네."

"이상한 커피숍이지."

제임스는 다방, 다방, 하고 중얼거렸다. 나에게 새로운 단어를 배워 그렇게 외는 제임스의 모습을 보는 것이 나는 좋았다.

"아 참, 현주, 우선 이걸 하나 먹어."

제임스는 뒷좌석에 놓여 있던 박스 안에서 팩에 담긴 호박즙 하나를 꺼내 내게 건넸다.

"도쿄에 있는 엄마한테 전화해서 물어봤는데, 아기 낳고 나면 호박을 먹는 것이 좋대."

아무것도 먹고 싶지 않았지만 그의 성의를 거절하기가 어려워 단숨에 마셔 버렸다.

"그런데, 현주 아기 낳은 거 어머니도 알고 있어?"

나는 고개를 저었다.

"그러면 힘들잖아. 어머니에게 말하는 게 어때?"

"제임스."

"응."

"가족이란 대체 뭘까?"

그는 내 질문이 뜬금없다는 듯 고개를 갸웃하며 내 얼굴을 바라보았다.

"가족이면 그냥 바라는 것 없이 사랑하고 조건 없이 용서하고 그래야 하는 거야? 미움이 가시지 않으면 어떡해? 원망이 지워지지 않으면 어떡해야 돼?"

"어머니가 이해 못할 것 같아서 그래?"

그것까지는 생각하지 못했다. 그런데 제임스의 말을 들으니 엄마 역시 나를 이해 못할 수도 있겠구나 싶다.

"현주, 힘들면 나와 함께 가자. 그냥 우리 집에서 지내."

이번엔 그의 제안을 거절하지 못하겠다. 그의 여자친구에 대해서도 생각하지 않기로 한다. 내 이기심이 또 한 번 그를 상처 입히게 될 지도 모르지만, 이번이 마지막이야, 라고 속으로 되뇌며 나는 고개를 끄덕였다.

다방으로 들어가니 홀에 있던 손님들은 언제 다 가 버렸는지 엄마 혼자 술을 마시고 있었다.

"어딜 갔다 온 거냐. 전화도 안 받고."

"술 좀 그만 마셔요."

"술이라도 안 마시면 내가 무슨 낙으로 살까. 요즘은 농번기라 손님도 별로 없다. 딸년이라고 오랜만에 와 봐야 살갑게 구는 것도 아니고."

나는 엄마가 앉아 있는 자리를 지나쳐 쪽방으로 들어가려다 다시 몸을 돌렸다.

"엄마는 왜 나를 낳았어요?"

"그게 에미한테 할 소리냐. 기껏 혼자 힘들게 키워 놨더니 왜 낳았냐니."

"엄마가 항상 그랬잖아요. 나만 안 낳았어도 엄마 인생이 달라졌을 거라고."

엄마는 잠시 아무 말이 없다가 술을 한 잔 들이켜더니 입을 열었다.

"너도 자식을 하나 낳아 봐야 내 맘을 안다."

나도 그러고 싶었어요. 엄마 마음을 알고 싶어서, 엄마를 이해하고 싶어서, 나도 그러고 싶었다구요. 정말 그랬다면, 내 아이가 살아 있었다면, 나 또한 오랜 미움과 원망을 털고 당신을 바라볼 수 있었을까. 그랬다면 우리는 드라마 속에 나오는 사람들처럼 다정하고 친구 같은 모녀가 될 수 있었을까.

"나 오늘 다시 가요. 갑자기 일이 생겨서."

엄마는 내 얼굴을 가만히 보더니 담배를 피워 물었다. 시골 다방의 낡은 테이블 앞에 앉아 신세 한탄을 하며 술을 마시고 담배를 피우는 쉰 살의 마담, 그녀의 얼굴 위로 피어오르는 담배 연기가 어쩐지 쓸쓸하다.

"넌 니 애비를 꼭 닮았다. 얼굴도 그렇지만 불쑥 왔다 금세 어디로 가 버리는 것도 똑같다."

"일이 생겨서 그렇다니까."

"그러다 영영 가 버리겠지. 니 애비처럼."

"엄마."

"나는 떠난 사람 안 기다린다. 난 그냥 내 인생 살 거야. 즐겁게."

엄마가 하는 말들이 담배 연기와 함께 어둑한 홀 안에 떠돈다. 그 말들이 꼭 나만을 향한 것 같지는 않다.

방에 들어가 가방을 다시 꾸려 나오니 엄마는 어느새 소파에 몸을 구겨 누인 채 잠이 들어 있었다. 소파 앞 테이블에 어지러이 늘어진 술병들, 먹다만 안주들, 재떨이에 고꾸라지듯 꽂혀 있는 담배꽁초들이 마치 엄마의 인생을 대변해 주고 있는 것만 같아 마음이 편치 않았다. 그렇다고 그런 엄마의 자리에 함께 머물러 있기엔 내 몸도 마음도 너무 피로했다.

나는 테이블을 대충 정리해 놓고 방에서 얇은 이불을 하나 가지고 나와 엄마의 몸을 덮어 주었다. 엄마는 뒤척이며 옆으로 돌아누웠다. 내가 임신했을 때 자주 했던 자세여서 그런지 문득 나를 품고 있던 엄마의 열 달이 궁금해졌다. 나와 한 몸이었던 그 순간의 엄마는 어떠했을까. 그때는 행복했을까, 그때는 외롭지 않았을까. 그때는…… 나와 같았을까.

어두운 홀 안을 천천히 걸어 나와 가게 문을 여니 문 위에 달린 작은 종에서 땡그랑, 하는 소리가 난다. 다방의 칙칙한 분위기와 어울리지 않는 축복의 소리 같아서 마음이 더욱 어두워진다. 다시 한번 엄마를 돌아보니 여전히 옆으로 웅크린 채 잠든 모습이다. 가게 문밖으로는 이미 어두워진 도로에 커다란 트럭이 헤드라이트를 밝히며 달려가고 있다. 나는 엄마의 몸 안에서 이제 막 빠져나온 아이처럼 눈이 부셔 그대로 두 눈을 감고 만다. 이 순간이 어쩐지 낯설지가 않다.

빙하로
가는 날엔

12월엔 누구도 성탄의 축복을 피해 가기 어렵다. 거리마다 울려 퍼지는 캐럴송과 구세군의 종소리, 카페마다 반짝이는 트리 장식, 그리고 가판대에서 휴대폰 같은 것을 팔고 있는 산타들. 이런 건 다 사람들 마음 부풀리고 들뜨게 해서 뭐라도 하나 건져 보려는 상술이지, 안 그래? 작년까지만 해도 룸메이트 은영의 옆구리를 찌르며 말했었다. 왜, 그래도 좋잖아. 반짝반짝, 메리메리 크리스마스. 은영은 노래하듯 말하며 내게 팔짱을 껴 왔었다. 쳇, 넌 애인이 있다 이거지? 애인이 있다 한들 이런 날엔 나와 별로 사정이 다르지도 않다는 걸 알면서 괜한 심술을 부리기도 했었다.

　　"무슨 생각해?"

　　"아니. 은영이한테 좀 미안해져서."

"은영 씨한테 왜?"

"이번 크리스마스엔 혼자 있게 해야 하잖아."

"애인 있다며."

정환은 카페 안을 가득 채우는 크리스마스 캐럴의 리듬에 맞춰 발을 까딱거리며 말했다.

"그때 일이 있대."

"뭐 그럼 다른 친구들이랑 놀겠지. 어린애도 아닌데."

은영의 애인이 유부남이라는 사실은 아직 정환에게 말하지 않았다. 정환은 좀 고지식한 데가 있는 편이었다. 사실 그대로를 이야기한다면 아마 그는 은영을 만날 때마다 불편한 기색을 할지도 모른다.

"얘들이 좀 늦네. 여행지는 생각해 봤어?"

정환은 휴대폰으로 메시지를 보내며 물었다. 여행이라는 말에 마음이 다시 들썩여 그의 팔을 꼭 잡았다.

"아르헨티나 어때? 부에노스 아이레스에서 탱고를 추고 칼라파테에서 모레노 빙하를 보는 거야."

"빙하? 신혼여행인데 빙하 보러 가는 건 좀 그렇지 않아?"

정환이 물어 온 것은 오늘 만날 후배 커플의 신혼 여행지에 대한 것이었고, 내가 대답한 것은 다음 달 우리의 여행에 대한 것이었다. 나는 얼굴이 좀 달아올랐다.

"신혼 여행지는 일단 그 사람들 만나서 예상 경비하고 취향 들어보고 몇 군데 추천해 줄게. 내가 말한 건 우리 여행 말이야."

"우리 여행?"

"다음 달에 가기로 했잖아."

"난 세부라든가 보라카이 같은 델 생각했지. 아르헨티나는 너무 멀지 않아? 그리고 빙하라니, 서울만 해도 너무 춥다."

그가 여행 이야기를 꺼낸 건 지난주였다. 1년 정도 진행되었던 프로젝트가 끝나서 다음 달쯤에 열흘 정도 휴가를 갈 수 있을 거라고 했다. 그에겐 모처럼 긴 휴가이고 어차피 나도 당분간은 실직 상태이니 해외여행이나 함께 다녀오는 게 어떻겠냐고 정환이 먼저 제안했었다.

여행 이야기를 듣자마자 나는 모레노 빙하를 생각했다. 이국의 살벌한 국경 지대에 홀로 내던져진 듯한 기분으로 서울 이곳저곳을 떠돌던 때에 빙하 사진을 봤다. 백화점 세일 기간에 의류 매장에서 판매 아르바이트를 하고 있을 때였다. 밥 먹을 시간도 없이 판매대와 계산대 사이를 왔다 갔다 하느라 퇴근 무렵엔 빗물에 젖은 책장처럼 발바닥이 땅에서 잘 떨어지질 않았다. 겨우 발걸음을 떼어 백화점을 나서려는데 하루 종일 왔다 갔다 하면서도 보이지 않던 사진들이 그제서야 눈에 들어왔다. 유명 작가들의 여행 사진을 백화점 벽면에 이벤트로 전시해

놓은 것이었는데, 그중에서 한 사진이 마치 나를 자석처럼 끌어당겼다. 앞쪽엔 앙상하게 메마른 갈색 숲의 전경이, 뒤쪽으론 운무가 가득한 검은 산의 일부가, 그리고 그 사이로 얼어붙은 호수와 눈부시게 하얀 빙하가 펼쳐져 있는 사진이었다. 제목은 '얼어붙은 마음, 모레노에서'였다. 무언가에 홀린 듯 사진 앞에 서 있다가 정신을 차리고 보니 눈물이 뺨을 타고 흘러내리고 있었다. 감수성이 예민한 시기여서 그랬는지, 몸과 마음이 마치 그 빙하처럼 얼어 있어서 그랬는지는 모르겠지만, 그 잠깐이 내게는 특별한 기억으로 각인되었다. 그리고 모레노 빙하가 아르헨티나의 최남단인 칼라파테에 있다는 사실을 알게 된 후로 아르헨티나는 내 꿈의 여행지가 되었다.

"좀 멀긴 해도 이스탄불 스탑오버해서 하루나 이틀 정도 구경하고 가면 지루하지 않을 거야. 그리고 동남아 쪽이야 가까우니까 꼭 이번이 아니더라도 쉽게 갈 수 있잖아."

"그래, 뭐. 너 가고 싶은 대로 가자. 휴가 일정 확실히 잡히면 얘기할게."

정환은 자신의 도덕적 관점을 흔드는 일이 아니라면 어디서든 별로 고집을 내세우지 않았다. 데이트 장소나 음식 메뉴를 정할 때도, 친구들끼리 술에 취해 쓸데없는 논쟁으로 언성을 높일 때도, 그 어떤 경우에도 나는 그가 자신의 주장을 앞세우는 것을 본 적이 없었다. 그저 지금처럼 한 번쯤 자기 의견을 말해 보긴 하지만 상대방이 반대하면 끝내는 것이다. 어찌 보면 취향이란 게 없는 무색무취의 재미없는 사람 같기도 하고, 또 어찌 보면 자기가 돋보이려는 욕망을 자제하고 남을 배려할 줄 아는 내적으로 충분히 성숙한 사람 같기도 했다. 어느 쪽이건 간에 정환의 그런 성격 덕분에 1년 가까이 만나면서 말싸움 한 번 길게 해 본 적이 없었고, 오랜만에 이런 평온한 연애를 하면서 나는 결혼까지도 내심 염두에 두고 있었다.

"어, 저기 들어오네."

정환이 카페 입구를 가리키더니 손을 들어 표시를 했다. 요즘 유행하는 스타일로 한껏 멋을 낸 여자와 키가 멀쑥하게 큰 남자가 정환을 보더니 웃으며 다가왔다.

"늦어서 미안해요. 차가 너무 막혀서."

"앉아. 이쪽은 내 여자친구. 인사해."

나는 정환의 후배 커플과 눈인사를 나눴다. 새로운 사람들을 만나는 것을 그다지 즐기는 편은 아니지만 그가 어떤 사람들과 가까이 지내는지 궁금해서 이런 자리가 있으면 굳이 피하지는 않았다. 그의 친구들과 함께하는 술자리는 몇 번 가 본 적이 있었는데 후배들과 만나는 것은 이번이 처음이었다. 정환에게 들은 바로는 이 커플이 맺어지는 과정에서 그가 지대한 공헌을 했으며, 그런 이유로 두 사람이 그를 무척 따른다고 했다. 마침 두 사람이 신혼 여행지를 고민하고 있는데 정환이 여행사에 근무했던 내 이력을 이야기하며 한번 물어봐 줄까 했더니 그 둘이 반색하며 결혼 전에 얼굴도 볼 겸 한번 만나자고 했다는 것이다.

"근데 혹시,"

정환의 여자 후배가 팔꿈치를 테이블 위에 올리며 내 쪽을 향해 말을 걸었다.

"나이랑 이름이 어떻게 되세요?"

"왜?"

남자 후배가 그녀의 성급한 질문을 좀 나무라는 듯한 말투로 물었다.

"내가 아는 누구랑 좀 닮은 것 같아서."

"그래?"

정환은 고개를 갸우뚱하며 묻더니 나를 잠시 쳐다보고는 말을 이었다.

"나이는 너네랑 같고 이름은 김민선. 근데 민선이는 너 모르는 표정인데?"

"그래, 맞네! 김민선! 성산여고, 맞지?"

그녀의 말에 나는 들고 있던 커피잔을 떨어뜨릴 뻔했다. 아주 깊은 지하 창고 같은 데서 올라온 냉기가 온몸을 훑고 지나간 듯 소름이 돋아났다.

"나 모르겠어? 강세희. 2학년 때 같은 반이었잖아. 좀비네 반!"

그녀는 양말 가득 크리스마스 선물을 받은 아이처럼 신이 나서 외쳤다. 좀비는 담임 선생님의 별명이었다. 세희의 얼굴은 여전히 낯설었지만 성산여고와 좀비까지 들먹이는데 모르겠다고 할 수는 없었다. 나는 겨우 미소를 쥐어 짜내며 작게 고개를 끄덕였다. 그러자 그녀의 애인도 오, 그래? 하고 감탄사를 내뱉으며 표정이 밝아졌다.

"정말 세상 좁다더니, 둘이 같은 고등학교를 나왔단 말이야?"

정환의 말에 세희는 난감하다는 듯한 표정을 살짝 짓더니, 그게…, 하고 말꼬리를 흐렸다. 정환은 세희와 나 사이의 어색한 기류를 눈치 채지 못하고 커피를 사 오겠다며 자리에서 일어섰다. 같이 가요, 하고 그의 남자 후배가 따라나섰다. 자리에 둘만 남게 되자 세희가 기다렸다는 듯 말했다.

"진짜 반갑다. 근데 너 자퇴했던 거, 정환 오빠는 모르나봐?"

나는 내가 나고 자란 그 도시를 좋아했었다. 일 년 열두 달 짭조름한 해풍이 살갗을 기분 좋게 스쳐 가고, 높고 낮은 말의 억양이 귀를 간질이는 남부 지방의 소도시였다. 나는 열 살 무렵에 부모님을 차례로 잃은 후 큰아버지 댁에서 자랐는데, 경제적으로 제법 넉넉한 집이었고 가족 모두 나를 가엾게 여기며 잘해 주었기 때문에 큰 어려움 없이 청소년기를 보낼 수 있었다. 단 한 가지 사건만 빼고 말이다. 하지만 그 한 가지 사건이 모든 것을 엉망으로 뒤틀어 놓았으니 어쩌면 내게는 오후의 햇살처럼 따사로운 시절이란 아예 없었던 것일지도 모르겠다.

내가 원망해야 하는 것은 너무 빨리 내 곁을 떠난 부모님일까, 실수를 저지른 큰아버지일까, 비밀을 누설한 경미일까, 아니면 침묵을 지키지 못했던 내 입술일까.

열다섯의 봄밤에 큰아버지는 술 냄새가 가득한 몸으로 나를 안았다. 간호사였던 큰어머니는 야간 근무였고, 대학생이었던 사촌언니는 시험 기간이라 도서관에서 밤을 샌다고 했었다. 그날 내 이불 속으로 들어온 큰아버지는 내가 알던 사람이 아니었다. 내가 고아가 되던 날 누구보다 슬퍼하며 눈물을 쏟아 내던 큰아버지, 과묵하지만 가끔 다정하게 안부를 물어 주던 큰아버지, 주말 오후면 거실 흔들의자에 앉아 책을 읽곤 하던 큰아버지는 없었다. 나를 짓누른 건 오직 거친 숨소리, 아득하게 흩어지는 술 냄새, 불덩이처럼 뜨겁고 쇳덩이처럼 무거운 몸이었다. 나는 저항할 수 없었다. 그저 숨죽여 울었다. 큰아버지가 돌아간 뒤에도 오래도록 소리 내지 않고 울었다.

　다음 날 새벽 큰아버지가 내 방문을 두드렸다. 나는 침대에서 일어나지 않고 이불을 꼭 끌어당겼다. 두어 번 더 노크를 하고 큰아버지는 문을 열었다. 나는 공포와 슬픔이 가득 찬 눈으로 큰아버지를 보았다. 그는 내 침대 앞으로 걸어와서는 무릎을 꿇었다. 그리고 고개를 떨구더니 자신을 용서하라고 했다. 실수였노라고, 네게 상처를 줘서 미안하다고, 앞으로 이런 일은 다시 없을 거라고 했다.

　큰아버지는 내가 이 일을 가족들에게 발설해서 가정이 파탄나는 것을 두려워했던 것 같다. 하지만 나는 그가 애원하지 않았어도 가족들에겐 침묵했을 것이다. 부모 대신 나를 키워 준 사람들이니 어떤 투정도 부려선 안 된다, 화를 내선 안 된다, 상처를 되돌려 주어선 안 된다, 라고 밤새 생각했었다. 어쩌면 그 나이에도 생존의 법칙 같은 것을 이미 깨닫고 있었던 것인지도 모르겠다.

　큰아버지는 약속을 지켰다. 다시 내 방에 들어오는 일은 없었다. 그와 나 사이가 좀 어색해지긴 했지만 큰어머니와 사촌언니는 눈치 채지 못했다. 원래 큰아버지는 과묵했고 나 또한 어리광을 부리거나 애교를 떠는 타입은 아니었으니까. 달라진 점이 있다면 내가 좀 더 공부에 전념하게 되었다는 것 정도였다. 부모를 잃고 친척집에 얹혀살면서 그 집의 가장에게 몸을 내준 여중생이 애착을 가질 수 있는 대상은 별로 없었다. 방에 홀로 틀어박혀 책장을 넘기는 시간만큼 성적은 올라갔다. 이전에도 상위권이긴 했으나 눈에 그다지 띄지 않을 정도였던 내 성적이 반에서 1, 2등을 다투게 되자, 내게 사교육비며 각종 교재비를 아낌없이 지원했던 큰어머니는 진심으로 기뻐했다. 네 엄마 아빠가 살아 있었다면 무척 자랑스러워했을 거다. 내가 처음으로 1등을 했을 때 큰어머니는 눈물까지 글썽거리며 말했었다. 하지만 지나간 일들을 가정법으로 뒤바꿔 봐야 아무런 효과도 없다는 걸 나는 알고 있었다. 엄마 아빠가 살아 있었다면 나는 큰집에 살지 않았을 것이고, 큰아버지에게 당하지 않았을 것이고, 꽃다운 시절을 재미없이 공부만 하며 보내지도 않았을 것이다.

그렇게 무료하고 무난하고 무심하게 흘러가던 날들은 고등학교 2학년 때 끝이 났다. 제주도로 수학여행을 갔었고, 모두들 밤이면 술을 마셨다. 처음 마셔 본 소주가 나를 흔들리게 했다. 그때 내 짝이었던 경미가 말했다. 밤바다를 보러 가자. 평소라면 그러지 않았을 테지만 술기운에 따라나섰다. 출입구를 지키던 당번 교사에게는 생리대를 사러 간다고 말했다. 우리는 숙소 아래쪽 나무 계단으로 내려가 바다가 보이는 큰 바위에 올라가 앉았다. 경미가 주머니에서 작은 플라스틱 통에 든 소주 하나를 꺼냈다. 별을 보며, 그 별에 가닿을 듯 철썩이는 파도 소리를 들으며, 우리는 술을 한 모금씩 나눠 마셨다. 그러다가 어느 순간 나는 경미의 어깨에 기대어 삼 년 전 그 밤에 대해 이야기하기 시작했다. 그때까지 누구에게도 말한 적 없는 일이었다. 취한 기억이 얼마나 정확할지는 모르겠지만, 그 이야기를 하며 눈물을 흘리지도 목소리가 떨리지도 않았던 것 같다. 그저 오래전 할머니에게 들은 옛날이야기를 누군가에게 다시 전하듯 천천히 한 문장씩 꺼내 놓았을 따름이었다. 내 이야기를 다 들은 경미는 아무 말 없이 손을 잡아 주었다. 그 온기만으로도 충만했던, 그런 밤이었다.

그렇게 따뜻했던 경미의 손을, 나는 일주일 후 커터칼로 그었다. 지저분한 화장실 문에 눈에 띄게 커다란 매직 글씨로 적혀 있는 글을 보았기 때문이었다. 큰아빠랑 자는 걸레년 김민선. 그 글을 보았을 때 나는 그동안 내가 힘겹게 지켜온 모든 것이 위태롭게 부푼 풍선처럼 한순간에 터져 버렸다고 생각했다. 낙서를 한 것이 경미인지 아닌지는 중요하지 않았다. 어쨌거나 그 애가 내게 전했던 따스함은 진실이 아니었고, 그날 밤 내가 그 애에게 보여 주었던 오랜 상처는 한낱 화장실 낙서로 전락해 나를 비웃음거리로 만든 것이다.

그날 점심시간이 끝나갈 무렵 경미는 교실 바닥에 피를 뚝

뚝 흘리며 병원으로 갔다. 여고에서 좀처럼 일어나지 않는 일이어선지 교사들은 무척 당혹스러워했다. 나는 생활지도부 교사가 준 사건경위서를 쓴 후 오후 내내 상담실에 격리되어 있다가 하교 시간이 다 되어 갈 무렵 담임교사를 만났다. 좀비라는 별명대로 몸이 축 처지고 두 눈이 퀭한 담임교사가 내게 물었다. 화장실 낙서 때문이냐? 그동안 반 아이들에게 정보 수집을 한 모양이었다. 나는 입을 꾹 다물었다. 담임교사는 잠깐 뜸을 들이다가 다시 물었다. 혹시 그 낙서 내용이 사실이냐? 나는 고개를 저었다. 담임교사가 옅은 한숨을 내쉬었다. 교실에서 일어난 폭력 사건을 어떻게 처리해야 할지 고민하는 것 같기도 했고, 한편으론 가해자의 개인사와 관련된 더 복잡한 일에 말려들지 않게 돼서 다행스러워하는 것 같기도 했다.

다음 날 나의 처벌 문제를 놓고 회의가 열렸다. 경미의 어머니와 나의 큰어머니가 불려왔다. 경미의 어머니는 나를 보자 무척 흥분해서 도대체 이유가 뭐냐고 소리를 질러 댔고, 대답 없는 나를 대신해 담임교사가 상황을 설명했다. 그러자 경미의 어머니는 그 낙서를 경미가 했다는 증거가 있냐고 다시 소리쳤다. 나는 아무 말도 하지 않았다. 큰어머니는 죄인처럼 고개를 숙이고 죄송하다고 되뇌었다. 경미 어머니는 퇴학을 요구했지만 학교 측에서 나를 배려해 자퇴로 처리했다. 사실 나는 어느 쪽이

든 상관없었다. 어차피 학교를 다시 다닐 마음이 없었으니까.

학교를 그만둔 지 며칠 후에 나는 집에서 독립하겠다고 말했다. 사촌언니는 나를 설득했고, 큰어머니는 울기만 했고, 큰아버지는 침묵했다. 하지만 결국 나를 잡을 수 없다는 걸 모두들 알고 있었다. 그렇게 열여덟 살의 봄날에 나는 완전히 혼자가 되었다.

세희 커플과 헤어진 우리는 그럭저럭 평점이 괜찮은 로맨틱코미디를 한 편 보러 갔다. 여행지를 추천하는 나를 미묘한 눈빛으로 계속 쳐다보던 세희의 얼굴이 자꾸 떠올라 초반에는 영화에 잘 집중이 되지 않았지만 내 어깨에 팔을 얹은 채 몸을 들썩이는 정환의 유쾌한 웃음에 그녀 생각은 곧 사라졌다.

여느 때처럼 나를 집 앞까지 데려다 준 정환은 차 안에서 짧은 입맞춤을 하고는 돌아갔다. 차에서 내려 문 앞까지 걸어오는 짧은 시간 동안 또각거리는 내 구두 굽 소리와 12월의 시린 공기 속에 하얗게 퍼져 나가는 입김과 손바닥에 남아 있는 그의 체온이 나를 기분 좋게 했다.

"왔어?"

문을 열고 들어서자 은영이 내게 인사하고는 다시 콧노래를 흥얼거렸다. 침대 옆에 앉아 손톱을 정리하고 있는 중이었다.

"기분 좋은 일 있나 봐."

"곧 크리스마스잖아."

은영의 싱거운 대답에 나는 피식 웃으며 가방을 내려놓았다. 함께 살면서 그녀의 이런 단순함과 낙천성은 어느덧 내게도 조금씩 물들고 있었다. 너라서 다행이야, 라고 생각한 적이 여러 번 있었다. 좋은 룸메이트를 만난다는 건 분명 행운이다.

은영과 나는 대학 동기였다. 열여덟에 큰집을 떠나 서울로 올라온 나는 고시원에 들어가 살았다. 큰아버지가 쥐어 준 통장에도 제법 큰돈이 들어 있었고 국가에서 내게 나오는 보조금도 있었지만 하루의 반은 아르바이트를 해서 생활비를 따로 벌었고 나머지 시간은 고졸 검정고시와 대입 시험을 준비하며 보냈다. 남들보다 1년 늦게 대학에 들어가고 보니 한 살 어린 동기들과는 아무래도 좀 거리감이 생기게 되어 학과에서 겉돌았는데 그런 나를 은영이 많이 챙겨 주었다. 알고 보니 은영도 재수생이었는데 워낙 밝은 성격 때문인지 나이와 상관없이 친구가 많았다.

대학 졸업과 동시에 나는 여행사에 취직이 되어 회사 근처에 원룸을 얻어 살게 되었다. 서울에 올라온 후로 대학을 졸업할 때까지 공부와 아르바이트 사이를 오가며 전투적으로 살아온 시간에 조금 여유가 생기면서 짧은 연애도 몇 번 하고 동호

회 같은 델 나가 보기도 했다. 코르셋에 몸이 꽉 조여지듯 숨 막히던 생활에 조금씩 바깥 공기가 채워지는 느낌이었다. 졸업 후 은영과는 문자로 드문드문 안부만 주고받으며 지내고 있었 는데 1년쯤 지난 어느 날 그녀가 모처럼 전화를 걸어 왔다. 부 모님이 곧 지방으로 내려가시게 되어 자기도 독립을 해야 하는 데 혼자 살 자신이 없다며 월세도 아낄 겸 같이 지내는 게 어떻 겠냐는 것이었다. 나도 마침 세 번째 이별을 겪고 좀 외롭다고 느끼던 때였고, 은영 정도의 성격이라면 같이 지내도 큰 불편이 없겠다는 생각에 그녀의 제안을 받아들였다.

"은영아, 미안해."

"뭐가?"

은영은 뜬금없이 무슨 사과냐는 표정으로 나를 바라보았다.

"크리스마스 날, 난 정환 씨 만나야 하잖아."

"아, 난 또 뭐라고."

은영은 큭큭거리며 다시 손톱을 다듬기 시작했다. 꾸밈음이 아주 많이 붙은 악보처럼 그녀의 손놀림엔 기교가 넘쳤다.

"나도 이번엔 오빠랑 보낼 거야."

"정말? 나올 수 있대?"

"와이프가 친구들이랑 일본 여행 간대."

"잘됐네."

모처럼 크리스마스를 연인과 보내게 된 친구의 들뜬 음성이 다행스러웠으나, 축하를 하면서도 마음 한구석은 무거웠다. 은영은 같은 회사에 다니는 그 남자와 3년째 교제 중이었다. 이혼도 하지 않고 은영을 놓아주지도 않는 그가 나는 좀 미웠지만 은영에겐 내색하지 않았다. 힘들지 않아? 언젠가 은영에게 물었을 때 그녀는 특유의 명랑한 목소리로 이렇게 말했다. 발렌타인데이에 큰 초콜릿 바구니 같은 걸 선물할 수 없다는 거, 오빠 생일이나 크리스마스를 같이 보낼 수 없다는 거, 데이트 장소가 제한적이라는 거, 마음대로 전화 걸 수 없다는 거, 그 정도 말고는 다른 연인들하고 똑같은데 뭐.

하지만 은영이 나열한 것들을 제외한다면 남는 건 무엇일까. 내가 모르는 어떤 특별함이 둘 사이엔 존재하는 걸까. 함께할 수 있는 일들이 너무 많은데도 번번이 오래가지 못하고 짧은 연애로 끝내 버렸던 나로서는 그녀의 마음을 알기 어려웠다.

"은영아, 하나 더 있는데."

"뭔데?"

"나 다음 달에 정환 씨랑 여행 갈 것 같아. 열흘 정도."

은영은 여전히 웃음기를 머금은 채로 오오, 하고 감탄사를 내뱉었다.

"어디로 가는데?"

"모레노 빙하. 내가 전에 이야기 한 적 있잖아, 아르헨티나."

"네 컴퓨터 바탕화면?"

나는 고개를 끄덕였다. 언젠가 빙하 이야기를 은영에게 한 적이 있었다.

"좋겠다. 난 언제쯤 오빠랑 여행 한번 가 볼 수 있을까."

"미안."

"미안하긴, 너도 참. 그냥 해 본 소리야."

은영은 잘 정돈된 손톱을 만족스럽게 바라보더니 리모컨을 들어 TV 채널을 바꿨다. 요즘 잘나가는 개그맨이 루돌프 분장을 하고 나와 슬랩스틱 코미디를 했다. 은영은 소리 내어 웃었다. 그녀의 웃음소리가 열다섯 평짜리 방 안에 꽃가루처럼 흩어졌다.

라디오에서는 아침부터 끊이지 않고 다양한 장르의 캐럴이 흘러나왔다. 거의 한 달 가까이 거리에만 나서면 지겹도록 들었지만 이것도 오늘내일로 끝이구나 생각하니 어쩐지 아쉬워지기까지 했다. 은영과 함께 살면서 처음으로 각자 보내기로 한 크리스마스이브다. 그동안 나는 이상한 징크스처럼 꼭 성탄절만 되면 애인이 없었기에, 은영과 함께 간단한 음식을 만들어 조촐한 파티를 하거나 영화를 보는 게 전부였다. 오늘은 그녀도 나도 아침부터 무척이나 들떠 모닝커피를 들고 건배까지 했다.

은영이 출근한 후 나는 정환에게 줄 카드를 쓰고 아르헨티나로 가는 항공권과 숙박 정보를 검색했다. 그를 만나면 구체적인 여행 계획을 이야기해 볼 생각이었다. 인터넷에서 여행 사진들을 보니 마음은 벌써 칼라파테까지 날아갔고 그 사이 시간도 훌쩍 지나 버렸다. 정환과의 약속 시간을 두 시간가량 앞두고서야 나는 컴퓨터를 끄고 서둘러 외출 준비를 했다. 평소보다 좀 더 공들여 화장을 한 후 구두를 고르고 있는데 정환에게서 전화가 걸려 왔다.

우리가 마음을 다해 달려가는 곳엔 무엇이 기다리고 있을까. 삶은 언제나 우리가 기대했던 선물만을 준비해 놓고 기다리지는 않는다는 걸, 나는 어쩌면 이미 감지하고 있었을지도 모르겠다. 전화기를 통해 들려오는 정환의 목소리는, 손가락이 자주 가닿지 않는 낮은 음계의 건반처럼 낯설고 침울했다.

그는 낮에 세희의 전화를 받았다고 했다. 고등학교를 자퇴했다는 말이 맞냐고, 아니, 그것보다 친구를 칼로 찔렀다는 게 사실이냐고 물었다. 내가 한참 동안 아무 말도 하지 못하자 그는 다시 물었다. 큰아버지와의 소문도 사실이었니?

"만나서 얘기해."

나는 겨우 마음을 가다듬어 말했다. 지난 일이고 어차피 언젠가는 말하려고 했던 일이다. 다른 사람을 통해 듣게 해서 미안하지만 나로선 선뜻 꺼내기 힘든 이야기였다. 그런 말들을 더듬더듬 느리게 꺼내 놓았다.

"나, 바보가 된 기분이야. 생각할 시간이 좀 필요할 것 같다."

그는 내 말이 끝나자 이미 결정된 판결문을 읽듯 단호하게 말했다. 그리고 곧 전화는 끊겼다. 통화 종료음이 유난히 크게 들려왔다.

논리는 없지만 지극히도 현실적인 꿈들을 여러 번 꾸며 잠을 설쳤다. 이미 오전 시간이 훌쩍 지나간 걸 알면서도 아무것도 하고 싶지 않아 침대에서 나오지 않았다. 눈을 감고 누워 있으니 상념 속에 휘말렸다가 자꾸 얕은 잠이 들고 유쾌하지 않은 꿈을 꾸는 일이 반복되었다. 문득 문 여는 소리에 다시 잠이 깨어 시간을 보니 열두 시였다. 신발을 벗고 들어오는 은영의 모습이 보였다.

"왜 벌써 온 거야?"

은영은 어제 퇴근 후 애인과 가까운 교외로 나갈 거라고, 어쩌면 오늘도 집에 안 들어오고 내일 바로 출근할지도 모르겠다고 내게 미리 예고했었다.

"다 끝났어."

나는 이불을 끌어내리고 앉아 그녀를 향해 몸을 돌렸다. 은영은 아무렇지도 않은 표정으로 목도리를 풀고 외투를 벗었다.

"농담하는 거지?"

"아침 일찍 오빠 와이프가 모텔로 찾아왔어."

"일본 간다고 했었잖아."

"몰라, 나도. 이혼 서류까지 들고 왔는데 오빠가 내 앞에서 와이프한테 빌더라."

"나쁜 새끼."

갑자기 눈물이 쏟아져 나왔다. 어제 정환의 전화를 받고도 울지 않았었는데. 은영은 그런 나를 보고는 화장대에서 크리넥스를 뽑아 갖다 주었다.

"울지 마. 나 괜찮아."

"그 여자가 너한테 뭐 해코지하거나 그러지 않았어?"

"머리채 잡고 얼굴 할퀴고 그런 거?"

은영은 제 말에 큭큭거리며 웃더니 고개를 저었다.

"나도 처음에 오빠 와이프 왔을 때 막장 드라마 한 편 찍겠구나 생각했는데 안 그러더라. 되게 침착하고 고상하게 말하더라구."

나는 계속 흘러내리는 눈물을 닦았다. 은영은 침대 옆에 털썩 주저 앉더니 말을 이었다.

"근데 민선아, 이상하게 그게 더 비참한 거 있지. 이게 만약 영화의 한 장면이라면 나는 그냥 매력도 없고 비중도 없는 흔한 조연이겠구나 싶어서."

뭐라고 위로를 해 주어야 하나 망설이고 있는데 은영이 투덜거리듯 덧붙였다.

"게다가 난 금방 일어나서 화장도 안 하고 있었단 말이야. 그 여자는 꼭 무슨 여성지 광고에서 금방 튀어나온 것처럼 세련되게 하고 왔는데. 덕분에 완전 초라해졌어."

은영이 곧 TV를 틀었고, 우리는 아무 말 없이 크리스마스 특선 영화를 봤다. 언젠가 함께 극장에서 본 적이 있는 영화였다. 그때도 보려던 영화가 매진되는 바람에 어쩔 수 없이 본 것이었고 결코 두 번이나 볼 만한 내용은 아니었지만 둘 다 TV 스크린에 눈을 고정한 채 영화가 끝날 때까지 움직이지 않았다. 주인공 남녀의 행복한 표정을 옆에 두고 엔딩 크레딧이 올라갔다.

"한심한 감독."

내가 옆으로 돌아누우며 껌을 뱉듯 말하자 은영이 소리 내어 웃었다.

"너, 저번에도 그렇게 말했어."

그 말에 나도 피식 웃음을 흘렸다.

"우리 술이나 마실까?"

"대낮부터 무슨 술이야. 그리고 넌 데이트해야지. 정환 씨랑
은 언제 만나?"

"나도 끝났어."

은영은 조금 멈칫하며 나를 보더니 곧 자리에서 일어나 냉장
고 쪽으로 갔다.

"안주는 뭘로 할까?"

"개새끼와 씹새끼?"

"오, 술맛 죽이겠다."

우리는 집 안에 있는 술들을 모조리 꺼내 마실 것처럼 맹렬하
게 건배했다. 취기가 오르자 오락 프로그램의 유치한 말장난에
도 웃음을 참을 수 없어졌다. 너무 웃어서 배가 아프고 숨을 쉬
기도 곤란할 지경이었다. 오락 프로그램에 출연한 연예인들이
말장난을 끝내고 눈썰매 경주를 시작했다. 겨우 웃음을 멈춘
은영이 말했다.

"그럼 너, 빙하엔 안 가는 거야?"

"어차피 일도 안 하는데 혼자라도 가지 뭐."

"나랑 같이 갈래?"

"회사는?"

"모텔에 나 혼자 두고 마누라 따라간 사람 어떻게 매일 보고
일하겠어, 그만둘 거야."

나는 정환에게 보여 주려고 출력해 놓았던 빙하 사진들과 아르헨티나 여행 계획을 가져와 은영에게 내밀었다. 사진에는 아주 작은 돌멩이 하나만 툭 던지면 곧 무너져 내릴 듯 위태로워 보이는, 그렇지만 눈부시게 빛나는 얼음 덩어리 하나가 높이 솟아 있었다. 은영은 사진을 두 손으로 잡고 가만히 바라보았다.

"너무 아름답다."

"쓸쓸하기도 하고."

"꼭 지금처럼."

창밖으론 어느덧 축복 가득한 성탄의 해가 지며 붉게 하늘을 물들이고 있었다.

"그래도 새해에 빙하를 보러 가는 건 정말 근사하지 않아?"

"근사해."

우리는 다시 건배했다.

"메리 크리스마스."

"메리 크리스마스."

잔 부딪치는 소리가 구세군의 종소리처럼 경쾌했다. 피처럼 검붉은 포도주가 둥근 잔 속에서 부드럽게 출렁였다.

잎이
삼킨
것들

간밤에 개미에게 물린 살갗은 붉게 부풀어 올라 있었다. 그 협소한 부위의 가려움증이 나의 모든 말초신경들을 한 곳으로 집중시켰다. 나는 손톱을 이용해 팔등의 붉은 언덕을 여러 갈래로 나누었다. 어쩌면 피멍이 남을지도 모를 정도의 강력한 세기였다. 일종의 자해 같기도 했지만 그런 고통이야말로 가려움을 잊는 최상의 방법이었다. 그것은 심지어 내게 이상한 희열마저 주었다. 매질을 기다리는 마조히스트와 같이, 고통과 쾌감 사이에서 가벼운 전율이 일었다.

물파스를 바르지 그래?

손톱으로 네 번째 골을 만들고 있는 나를 향해 최 선생이 한쪽 입꼬리를 올리며 말했다. 누구에게나 특징적인 표정이 있기 마련인데, 최 선생의 경우에는 바로 이렇게 한쪽 입꼬리가 올라간 모습이 트레이드 마크였다. 보통 사람들이 냉소라고 생각할 만한 그 표정은 그녀에겐 평범한 미소와도 같은 것이었지만, 그녀를 처음 보는 사람들은 누구나 불쾌해하거나 오해할 여지가 있었다.

최 선생은 원장실을 가리켰다. 원장실에 원생들을 위한 구급약들이 꽤 다양하게 비축되어 있다는 사실은 나도 알고 있는 바였다. 그러나 이미 아침에 여러 번 발라 본 약품들이었다. 몇 시간이 지났지만 붉게 부어오른 살갗은 가라앉을 기미가 전혀 없었다.

개미 떼라니.

생각만 해도 소름이 돋았다. 내가 자고 있는 사이 개미들은 내 몸을 기어 다녔을 것이다. 팔등에 남은 흔적은 일부에 불과하다. 내가 좀 더 오랜 시간 잠들었더라면 개미 떼는 내 몸에 있는 열 개의 구멍마다 기어 들어와 내가 긁을 수도 없는 몸 속 깊은 곳에 붉은 언덕을 만들어 놓았을지도 모르는 일이다.

선생님, 혹시요.

내가 최 선생을 부르자 그녀는 다시 나를 돌아보며 미간을 모아 주름을 만들었다. 그녀가 두 번째로 잘 짓는 표정이었다.

개미 없애는 법 아세요?

집에 개미가 있어?

보름 전쯤 설탕을 쏟았는데 그때 꼬인 모양이에요.

나는 설탕 없이 단 하루도 살 수 없고, 그렇기에 봉지에 든 설탕을 사 와 설탕통에 채워 넣는 일은 내게 매우 규칙적인 일상이다. 그저 매일 먹는 밥을 하듯이 계속 해 왔기 때문에 설탕 봉지 입구를 적당한 크기로 자르는 것이나 설탕통에 적당량을 채워 넣는 등의 행동은 기계적으로 할 수 있는 일이었다. 그렇게 쉬운 일에 실수를 하다니. 정말 운이 없는 날이었다.

살충제나 개미 퇴치약 같은 것을 써도 되겠지만,

최 선생은 식은 커피를 한 번에 들이키며 말했다.

식충식물을 한 번 키워 보지 그래.

식충식물요?

벌레 잡아먹는 식물인데, 친환경적이고, 뭐. 그런대로 재미도 있을걸.

최 선생의 조언이 그럴싸하게 들려 나는 퇴근길에 꽃시장으로 갔다. 가장 다양한 식물을 보유하고 있는 듯한 곳으로 가서 식충식물을 찾는다고 하니 주인은 세 가지 종류를 보여 주었다. 나는 그중에 색깔이 가장 마음에 드는 것을 가리켰다.

이건 파리지옥입니다.

개미는 안 잡아먹나요?

개미나 달팽이 같은 것도 잡아먹습니다. 하지만 죽은 벌레를 주면 식중독에 걸리니 주의하세요.

나는 주인에게서 물을 주는 방법과 몇 가지 주의사항을 더 듣고 돈을 지불했다. 조개껍데기 모양으로 벌어진 연둣빛 잎과 그 가장자리를 따라 나 있는 감각모들이 제법 매력적인 식물이었다.

안 선생님, 저 좀 봅시다.

출근하자마자 원장이 나를 불렀다. 이런 경우, 보통은 좋은 일이 아니다. 일거리를 더 주거나 뭔가 주의를 주려는 것이겠지.

잠시 호흡을 고르고 원장실 문을 열었다. 인공의 향기가 코를 자극했다. 벽에는 이미테이션인 듯한 명화 두 점이 걸려 있고, 원탁의 테이블에는 조화를 꽂은 화병이 놓여 있다. 그 앞에 서니 5개월 전 처음 이 학원에 면접을 보러 왔을 때가 떠올랐다. 경력이 없어서 이미 전화로만 몇 군데 퇴짜를 맞고 좀 침울해진 상태였다. 모두가 경력을 원하는데 그 경력들은 대체 어디서 생기는 걸까 의문스러워하며 자포자기하는 심정으로 생활정보지를 뒤적이는데 '국어 전임강사 급구'라는 글씨가 보였다. 전화를 걸자 원장은 즉시 오라고 했고 바로 이 테이블에서 면접을 보았다. 실은 면접이랄 것도 없었다. 워낙 급했는지 교재를 주며 바로 다음 날부터 출근을 하라고 했다. 페이는 130만 원부터 시작하겠다고 했다. 터무니없이 적은 액수라고 생각했지만 이렇게라도 경력을 쌓는 수밖에 없었다.

앉으세요.

그다지 친절하달 수 없는 목소리로 원장이 말했다. 내가 자리에 앉자 원장은 겨우 쥐어짜 낸 듯한 미소를 지으며 다시 입을 열었다.

아이들이 선생님 나이를 알고 있던데.

무슨 이야기 중에 말한 것 같습니다만. 무슨 문제가 있나요?

아이들은 제가 수습해 놨으니 혹시 나중에 다시 이야기하게 되면 이십대 후반이라고 하세요. 학원 상황이 급해서 선생님을 채용했지만 갓 대학 졸업한 무경력자라는 게 학부모에게 알려지면 학원 이미지도 그렇고.

그렇군요.

그 정도는 아실 줄 알았는데.

원장은 못마땅하다는 듯 볼펜을 테이블에 딱딱 두드렸다. 진실만을 말할 것을 고집하지 않는다면 경력도 쉽게 생겨날 수 있다는 걸 이제 알게 되었다.

안 선생님 수업에 대한 아이들 반응은 그리 나쁘지 않더군요. 이제 휴가철 시작이니까 결석한 아이들 보강 철저히 확인하세요.

네.

그럼 가 보세요.

이 짧은 대화로 원장은 자신의 정보력을 과시하고 나에게 압박을 가한 셈이다. 수업이 나의 독립적 영역이라고 생각했던 건 어리석었다. 원장의 레이더망은 곳곳에 숨어 있었던 것이다. 귀찮은 일을 자주 겪지 않으려면 말과 행동을 조심하는 수밖에 없었다.

원장은 수학을 가르쳤다. 서울 대치동에서 다년간 강의를 했다는 것과 수많은 학생들을 명문대에 보냈다는 것을 자주 내세웠다. 어디까지가 사실이고 어떤 이야기가 부풀려진 것인지는 알 수 없었지만 그런 이야기들이 이 지역의 학부모들에게 꽤 먹혀든 모양이었다. 원장의 수업 스케줄은 빡빡했다. 이 학원에서 중심이 되는 것은 원장의 수업이었고 다른 과목들은 끼워팔기 식으로 존재하는 것이었다.

인스턴트커피를 한 잔 타서 마시고 나니 1교시 시작종이 울렸다. 1교시는 정원이 세 명인 고1 A반 수업이었다. 학원은 소수 정예로 운영되고 있었기 때문에 다섯 명이 넘으면 분반을 했다. 원생들은 조금씩 늘어나고 있었고 내가 해야 할 수업 또한 늘어 갔지만 페이는 그대로였다. 교실에는 진서 혼자만 앉아 있었다.

연주는 가족들이랑 일본 여행 갔고, 현오는 필리핀에 영어 체

험학습 갔어요.

넌 어디 안 가니?

다음 주에요. 근데요, 선생님.

진서는 턱을 괴고 나를 빤히 보았다. 부유하게 자란 티가 나는 아이였다. 실은 이 동네 아이들 대부분이 그랬다. 얼굴이 하얗고 윤기가 났으며 단정하면서도 세련돼 보였다.

제가 이런 말하긴 좀 그렇지만,

말해, 괜찮아.

선생님도 좀 꾸미고 다니세요. 살도 빼시구요. 애들이 다 그래요. 선생님은 수업은 잘하시는데 너무 자기 관리를 안 하는 것 같다고. 실력 없는데 외모 때문에 인기 있는 선생님도 많잖아요. 사실 외적인 것도 중요하니까요.

꾹꾹 땅을 다지듯 문장을 야무지게 끝맺는 진서의 말에, 잠시 누그러졌던 팔등의 가려움증이 다시 되살아나는 것 같았다. 나는 부어오른 살갗에 다시 십자 모양을 새겼다.

예의 없이 들렸다면 죄송해요.

아냐, 진서만큼 예의 바른 애가 또 어딨다고.

이제 수업해요.

그래.

비록 지방 도시이긴 했지만 이곳 신시가지만큼은 서울 못지 않은 교육 환경과 편의 시설들을 갖추고 있었다. 도시 전체에서 보면 독립적으로 운영되는 특별 구역 같기도 했다. 이 동네 아이들은 또래에 비해 고급 어휘를 사용하고 겸손하며 예의 발랐다. 부모들은 대부분 대졸 학력 이상을 가지고 있었고 고소득 전문직에 종사했다. 그들은, 돈만 많은 졸부들과 돈이 없는 사람들을 똑같이 멸시했지만, 그런 감정을 숨기는 것 또한 중요시했다.

하지만 예의 속에 감추어진 열일곱 살짜리 여자아이의 우월감과 특권 의식을 나는 고스란히 느낄 수 있었다. 이들에게 나는 그저 자신들의 상대적 위치를 높여 주는 열등한 존재에 지나지 않았다.

며칠 사이에 파리지옥은 눈에 띄게 자랐다. 이 식물이 이렇게 성장 속도가 빠른 것인 줄은 몰랐다. 처음에 가져올 때 잎들은 기껏해야 엄지손가락 정도 길이였는데 벌써 두 배가 넘게 자란 것처럼 보인다. 굳게 닫힌 저 잎 속에 개미들을 가득 삼키고 있는 걸까. 그러고 보니 살충제를 아무리 뿌려도 소용없던 개미 떼가 그 사이 많이 줄어든 것도 같다.

화분에 물을 주고 나서 내가 마실 커피도 한 잔 내렸다. 원두 커피에 설탕을 한 스푼 듬뿍 넣고 있는데 휴대폰 문자 알림음이 들려온다. 기다리는 연락이 없는 내게, 휴대폰에서 나는 모든 소리는 반갑지 않다. 궁금하지도 않다. 천천히 커피 한 모금을 마신 후 문자 메시지를 확인했다.

　어제 반가웠어. 다음에 밥 한번 먹자.

　우현 선배였다. 어제 학원 건물 계단에서 우연히 마주쳐 서로 어색하고도 급하게 인사를 하고 전화번호를 주고받았지만 정말 연락이 올 줄은 몰랐다. 내가 대학에 입학했을 때, 그는 3학년이었다. 단대 학생회장이었고, 시를 잘 썼고, 강하면서도 넘치지 않게 현실을 비판했다. 나는 그를 자주 보기 위해 학생회 일을 도왔고, 그가 말하는 시인들의 시집을 사서 읽었으며, 그가 비판하는 현실들에 대해 관심을 갖게 되었다. 그에게 나란 존재는, 자신을 추종하는 수많은 후배들 가운데 하나였겠지만, 그가 졸업할 때까지 나에게 그는 대학 생활의 뿌리와도 같았다.

　그런 선배가 학습지 회사의 직원이 되어 있었다. 학원에 출근하는데 엘리베이터가 점검 중이어서 계단으로 올라가는 길이었다. 3층까지 올라가 놓고 너무 숨이 차서 잠깐 걸음을 멈추었는데 3층의 학습지 회사 로비에 서 있던 남자가 내 이름을 불렀다. 말끔한 수트에 넥타이까지 하고 요즘 유행하는 스타일의 머리 모양에 헤어 왁스로 살짝 멋을 낸 그의 모습이 낯설어 잠깐 동안 나는 무슨 말을 해야 할지 알 수 없었다.

여기서 일하세요?

응, 너는 여기 어쩐 일이야?

요 위층 학원에서 일해요.

그랬구나. 넌 예나 지금이나 여전하네. 한눈에 알아봤다.

여전하다는 말은 칭찬일까 조롱일까. 휴대폰에 서로의 전화 번호를 저장하고 나는 다시 계단을 올라갔다. 그리고 4층 입구에 들어서자마자 화장실에 들어가 거울을 보았다. 대학 시절부터 80킬로그램 이하로 내려가 본 적 없는 거구, 꽉 끼는 반팔 셔츠와 면바지로는 숨길 수 없는 살들, 계단을 걸어 올라오느라 붉게 달아오른 얼굴과 이마에 맺힌 땀, 그 땀에 젖어 형편없이 달라붙은 앞머리와 검정 고무줄로 질끈 묶은 뒷머리. 그것이 바로 예나 지금이나 여전하다는 내 모습이었다.

그의 문자를 다시 읽었다. 오랜만에 만난 후배에 대한 예의와 배려의 인사인지, 정말 한 번 만나자는 이야기인지 도무지 알 수가 없었다.

며칠 동안 그의 메시지를 곱씹기만 했다. 뭐라고 답을 해야 할지 모르겠어서 두 줄밖에 안 되는 단문을 자꾸 읽고 분석하고 행간에 무슨 뜻이 숨어 있지는 않나 고민했다. 그러길 일주일이 지나서야 눈을 질끈 감고 답장을 보냈다.

요새 누구 만나나 봐? 휴대폰을 자주 보네.

답장을 보내고 난 후 계속 휴대폰을 만지작거리는 나에게, 최 선생이 피식 웃으며 말했다.

아니에요. 그냥 연락 올 데가 있어서.

나는 괜히 화끈거리는 얼굴을 돌리며 다 식은 커피를 들고 일어섰다. 그리고는 옥상으로 향하는 계단으로 올라갔다. 옥상으로 통하는 문은 잠겨 있지 않았다. 나는 문을 열고 올라섰다. 훅 불어오는 바람을 타고 담배 연기가 밀려왔다. 옥상에는 사회를 가르치는 강 선생과 고1 A반의 현오가 함께 담배를 피우고 있었다.

현오는 나를 보더니 아쉬운 듯한 표정으로 반쯤 남은 담배를 비벼 끄고는 꾸벅 고개를 숙여 인사한 후 아래층으로 내려갔다. 강 선생은 여유롭게 담배 연기를 내뿜으며 특유의 능글맞은 웃음을 지었다.

옥상 공기 안 좋아요. 웬만하면 올라오지 마세요.

강 선생님,

부르긴 했지만 말이 쉽게 나오지 않았다. 강 선생은 두 눈썹을 으쓱하고 올리며 뒷말을 재촉했다. 나는 잠시 망설이다 입을 열었다.

저기…… 애들하고 같이 담배 피우시는 건 좀…….

왜요?

네?

뭐가 문젭니까?

나는 침을 꿀꺽 삼켰다. 당연히 안 된다고 생각했던 일에 대해 그렇게 물으니 막상 할 말이 없어졌다.

그게…… 그러니까…… 미성년자고…… 비교육적이잖아요.

강 선생은 나를 향해 담배 연기를 길게 내뿜더니, 큭큭, 하고 소리 내어 웃었다.

굉장한 이상주의자시네요.

비꼬는 듯한 그의 말투에 내 얼굴은 또 금세 달아올랐다. 그렇게밖에 대답하지 못한 나 자신이 스스로 한심했다. 나는 괜히 겸연쩍어 손에 들고 있던 식은 커피를 단숨에 입에 털어 넣었다. 강 선생은 내 손에 들려 있는 빈 종이컵을 가져가 담배를 넣어 끄고는 휴지통에 던져 넣은 후 아래층으로 내려갔다. 옥상 위로 불어오는 바람은 후덥지근해서 붉어진 내 얼굴을 식혀 주진 못했다.

이제 개미 떼는 완전히 사라진 것 같았다. 파리지옥은 하루가 다르게 급속도로 자라고 있었다. 이제 대부분의 잎 크기가 성인 남자의 손보다도 더 커 보였다. 상대적으로 화분이 너무도 협

소해 보일 지경이었다.

벌어져 있는 잎을 자세히 들여다보니 안쪽에 갈색의 작은 물질들이 남아 있었는데 미처 소화하지 못한 개미의 다리인 듯했다. 나는 온몸에 살짝 소름이 돋는 것을 느끼며 티슈 한 장을 뽑아와 파리지옥의 잎에 남아 있는 잔여물을 닦아 내려 했다.

그때였다. 벌어져 있던 연둣빛의 잎이 오므라들며 내 손에 있던 티슈를 집어삼켰다. 나는 화들짝 놀라 뒤로 엉덩방아를 찧었다. 티슈의 흔적은 온데간데 없었고, 그것을 삼킨 연둣빛의 커다란 잎은 아무 일도 없었다는 양 무심히 햇빛을 받으며 빛나고 있었다.

나는 출근을 하며 꽃시장에 들러 파리지옥을 샀던 가게로 갔다. 꽃가게에는 여전히 몇 가지 종류의 식충식물들이 놓여 있었고, 그 가운데에는 내가 처음 샀을 때의 크기와 같은 파리지옥도 있었다.

뭐 좀 물어볼게요.

식물들에게 물을 주고 있던 주인은 물뿌리개를 내려놓고 고개를 끄덕였다.

얼마 전에 여기서 파리지옥을 샀는데요, 잎이 너무 커져서요. 원래 그렇게 성장 속도가 빠른가요?

여름이 성장기라서 잘 자라긴 합니다. 관리를 잘 하셨나 보군요.

그럼 혹시 벌레 말고 다른 물질을 삼켜서 소화시키기도 하나
요?

그런 일은 없습니다. 간혹 어떤 물체가 감각모를 건드리면 잎
을 오므릴 때는 있겠지만 소화시킬 수는 없죠.

제가 키우는 파리지옥 잎이 티슈 한 장을 삼켰는데요.

그러자 내 질문에 성실히 대답하던 가게 주인은 낮은 한숨을
내쉬더니 말문을 닫았다. 그리고 식물들에게 다시 물을 주기 시
작했다. 내 말을 믿지 않는 눈치였다. 나도 짧게 한숨을 쉬곤 가
게에서 돌아 나왔다.

학원에 도착해서 최 선생에게 말해 보았지만 그녀 역시 특유
의 표정을 지으며 고개를 절레절레 흔들었다.

말도 안 돼. 식충식물이 잡식성도 아니고.

정말이에요.

뭔가 착각했겠지. 꿈을 꿨거나. 피곤하면 그럴 수 있어.

무심한 듯 이야기하는 최 선생의 말을 듣고 보니 정말 착각이
었나 하는 생각마저 든다. 사람의 기억이란 확신할 수 없는 것
이다. 증거도 없고, 상식적으로도 말이 안 되는 이야기인 것도
사실이다. 식충식물이 휴지를 삼켰다니, 누가 믿겠는가. 그러나
생각을 떨치려고 교재를 펼쳐 보아도 그 커다란 잎이 휴지를

덥석 물어 삼키던 장면은 자꾸만 생생하게 눈앞을 가로막았다.

우현 선배와 만나기로 한 곳은 시내 중심가의 라이브 카페였다. 제조 맥주를 파는 곳이었는데, 주말 저녁답게 많은 사람들로 북적이고 있었다. 라이브 음악 때문에 사람들의 목소리가 높아져 좀 정신없을 정도로 시끄러웠지만 너무 조용한 것보다는 낫겠다 싶었다.

나는 자리를 잡고 앉아 거울을 꺼냈다. 모처럼 머리를 풀고 공들여 화장을 한 내 모습이 거울 속에 낯설게 비쳤다. 그와 단둘이 만나는 것은 처음이다. 대학 때 그는 항상 많은 사람들 속에 둘러싸여 있었고, 내가 개인적으로 다가가기엔 너무도 멀게 느껴지는 사람이었다.

약속 시간에서 20분쯤 지나 그가 내 앞에 나타났다. 늦어서 미안하다며 먹고 싶은 걸로 마음껏 시키라고 했다. 주문을 하고 그와 마주 앉아 있으니 괜히 어색했다.

그래, 학원 강사 일은 할 만해?

제가 생각했던 것하고는 많이 달라요. 선배는요?

영업하고 교사 관리하고 같이 하는 건데, 그런대로 괜찮아. 여기서 경력 쌓아서 연봉 더 올려야지. 너도 적당한 시기에 학원 옮기면서 몸값을 올려.

모르겠어요. 제 가치관하고는 좀 안 맞는 직업 같기도 해서.

네가 아직 사회 경험이 적어서 그래. 가치관은 언제든 바뀔 수 있는 거야.

선배는 가치관이 달라졌어요?

그는 내 말에 어깨를 으쓱하더니 맥주를 한 모금 들이켰다. 사실 물어볼 필요도 없는 질문이었다. 어쩌면 나는 학원 건물에서 그를 처음 마주쳤을 때 이미 느끼고 있었는지도 모른다. 그는 더 이상 문학을 이야기하고 시를 쓰고 현실을 비판하던 젊은 청년이 아니었다.

두 시간가량 카페에 앉아 있는 동안 그는 직업과 연봉에 대해서, 그리고 재테크에 대해서 이야기했다. 무언가 집중해서 이야기할 때 그의 눈은 대학 시절 때마냥 여전히 빛나고 있었지만, 나는 더 이상 그의 눈빛에 매료될 수 없었다.

지루했다. 그리고 슬펐다. 어깨에 닿는 머리카락이 귀찮았고 마스카라 때문에 눈을 만질 수 없어 답답했다. 그의 말은 라이브 음악과 술취한 사람들의 목소리에 뒤섞여 의미 없는 음절로 파편화되어 날아갔다. 맥주 몇 잔에 무던히도 어지러웠고 짧은 순간 급격히 피로해지는 느낌이었다.

집에 돌아와 습관처럼 파리지옥을 살펴보았다. 공책 한 장 크기만큼 커진 잎을 보아도 이젠 더 이상 놀랍지 않았다. 연둣빛 잎은 형광색에 가까울 정도로 빛을 발했고, 잎의 끝에 달린 감각모들은 굶주린 맹수의 이빨처럼 탐욕스럽게 보이기까지 했다. 술기운 때문인지, 감각모들이 너울너울 움직이는 것 같기도 했다. 그 잎들 사이로 나도 모르게 손을 갖다 댔다.

아악!

거의 동시였다. 파리지옥의 잎이 내 손가락을 삼키려 한 것과 내가 손을 빼낸 것은. 내 검지손가락에는 붉은 생채기가 나 있었고, 오므라든 잎은 무슨 일이 있었냐는 듯 고요히 침묵했다.

문득 두려워졌다. 점점 거대해지는 저 잎들이. 날카롭고 표독스럽게 먹잇감을 노리고 있는 저 감각모들이.

누구에게 말한들 믿어 주지 않을 것이다. 나는 화분을 들었다. 잎이 몸에 닿지 않도록 멀리 떨어뜨려 잡은 다음 밖으로 가지고 나갔다. 늦은 시각이라 그런지 인적은 없었다. 나는 마치 아이를 유기하듯 주위를 두리번거리다가 가로등 아래에 화분을 내려놓았다. 가로등불 아래에서 잎은 여전히 빛나고 있었다.

이번 여름은 어쩐지 더 힘들게 느껴진다. 비단 계절 탓만은 아닐지도 모른다. 어쨌거나 며칠 사이에 몸과 정신은 부쩍 피로감에 휩싸였고, 주위의 모든 사물들이 오래된 습기를 머금고 축 늘어진 느낌이었다.

내가 가르치는 아이들은 언제나처럼 예의 바르고 교양이 넘쳤지만 자신들의 잣대로 나를 평가하고 저울질하는 것 또한 여전했다. 원장은 늘 그렇듯이 나를 감시하고 압박했으며, 강 선생은 매일같이 옥상에서 아이들과 담배를 피웠다. 그리고 우현 선배에게서는 더 이상 연락이 없었다. 달라진 것은 아무것도 없는데 나 홀로 세상에서 동떨어진 기분이었다.

일을 그만두어야 할 것 같습니다.

출근하자마자 원장실에 찾아가 말했다. 원장은 내 말과 동시에 미간을 찌푸렸다. 그리고는 볼펜으로 탁자를 두어 번 두드리며 잠시 생각을 하더니 입을 열었다.

안 선생, 우리 학원 온 지 얼마나 됐죠?

6개월 정도 됐습니다.

지금 페이를 얼마 받고 있나요?

130만 원입니다.

흠,

원장은 다시금 볼펜으로 탁자를 두드렸다.

다음 달부터 150으로 올리는 걸로 하죠.

저, 원장님,

나는 자리에서 일어나려는 원장을 급히 불렀다. 원장은 다시 자리에 앉으며 나를 쳐다보았다. 불편한 심기가 눈빛에 가득했다.

페이 때문이 아닙니다.

그럼 뭡니까?

개인적인 사정이 있어서요. 죄송합니다.

수업 시간 조정이 필요하면 일단 이야기해 보세요. 한번 조율
해 보죠.

아뇨, 그만두어야 할 것 같습니다.

원장은 한동안 말을 하지 않고 내 얼굴을 가만히 쳐다보기만
했다. 그의 시선이 불편해 테이블의 조화만 내려다보았다. 그가
무슨 생각을 하고 있는지는 알 수 없었지만, 어쨌거나 나는 빨
리 이곳을 나가고 싶다는 생각뿐이었다.

알겠습니다. 그럼 새로 선생님을 구할 때까지는 수업에 지장
없게 하세요. 만일 인수인계가 제대로 되기 전에 그만두시면 이
번 달 페이는 지급할 수 없습니다.

원장은 처음부터 끝까지 협상이었다. 그에게 어떤 인간적인
대화를 바란 것도 아니었지만, 첫 직장에서 나는 모든 것에 실
패한 것만 같아 어쩐지 쓸쓸했다.

학원에서 집으로 돌아오는 길은 언제나 어둡고 무서운데, 오
늘은 비까지 추적추적 내리기 시작했다. 우산을 미처 챙겨 오지

못해 그냥 비를 맞으며 밤길을 걸었다. 인적은 드물었고 간혹 자동차가 뒤에서 경적을 울리거나 술에 취한 사람이 비틀거리며 지나갈 뿐이었다. 가뜩이나 무거운 몸은 비에 젖어 더 힘들게 느껴졌다.

집 근처 골목에 다다르자 문득 내가 버린 파리지옥은 어떻게 됐을까 궁금해졌다. 나는 화분을 버렸던 가로등 쪽으로 걸어갔다. 그리고는 내 눈을 의심했다. 작은 화분에 담겨져 있던 파리지옥은 어떻게 된 영문인지 가로등 옆자리에 뿌리를 내리고 마치 제자리를 찾은 양 평온한 자세로 서 있었다. 내가 버린 것이 아니라 혹시 처음부터 그곳에 있었던 게 아닐까 하는 생각이 들 정도였다. 잎들은 그 사이 더 자라서 바나나잎만큼 커 보였다.

나는 가까이 다가가 잎을 자세히 보았다. 조개껍데기 모양으로 벌어진 연둣빛 잎과 날카로운 감각모들, 분명 내가 키우던 파리지옥이었다.

나는 가방에서 볼펜을 하나 꺼냈다. 그리고 제일 바깥쪽에 있는 잎의 감각모를 슬쩍 건드렸다. 그러자 눈 깜짝할 사이에 내 손에 있던 볼펜은 파리지옥의 잎 속으로 빨려 들어갔다. 나는 몸서리를 치며 뒤로 물러섰다. 다른 잎의 감각모들이 너울너울 움직이기 시작했다. 먹잇감을 탐색하는 듯한 그 움직임이 괴기

스러웠다. 나는 계속해서 뒤로 물러났지만 그 녀석으로부터 눈을 뗄 수는 없었다. 먼발치에서 보니 가로등 불빛에 비친 잎의 모습은 아이러니하게도 아름답기까지 했다.

그렇게 비를 맞으며 멍하니 서서 녀석을 바라본 지 얼마나 지났을까. 어떤 젊은 남자 하나가 걸어오는 것이 보였다. 빠른 걸음걸이를 보니 취객은 아닌 듯싶었다. 그는 가로등 앞으로 다가가 파리지옥 앞에 섰다. 나는 일순간 긴장했다. 무엇을 하려는 것일까. 그는 몇 분을 그렇게 가만히 서 있었다. 그리고는 잠시 후 하늘을 향해 얼굴을 한 번 들더니 손을 내밀어 벌어져 있던 잎의 감각모를 건드렸다. 잎은 그를 삼켰다. 순식간의 일이었다. 소리를 지를 수도 없었다. 나는 고개를 흔들며 뒷걸음질 쳤다.

그러나 그것은 시작에 불과했다. 곧이어 검정색 스포츠카 한 대가 미끄러져 오더니 가로등 앞에 섰다. 그리고는 커플로 보이는 남녀가 차에서 내렸다. 그들도 역시 파리지옥 앞으로 다가갔다. 뭐라고 소리치고 싶었지만 아무 말도 나오질 않았다. 두 남녀는 커다랗고 빛나는 잎에 매혹되듯 다가서서 동시에 손을 내밀었다. 그리고는 사라졌다. 활짝 벌어져 있던 잎은 어느새 굳게 다물어졌고 아무 일도 없었다는 양 고요히 빛을 발하고 있었다.

잎은 이렇게 거대해지면서 얼마나 많은 사람들을 삼킨 것일까. 눈물인지 빗물인지 알 수 없는 물기가 턱에서 줄줄 흘러내렸다. 도와주세요! 사람 살려요! 나는 계속 뒷걸음질 치며 겨우 입을 열어 소리 질렀다. 그러나 비오는 밤의 골목은 여전히 고요했고, 불 꺼진 창들은 침묵을 지킬 뿐이었다. 그리고 이상하게도, 아무리 뒷걸음질 쳐도 그 거대한 잎은 내 시야에서 사라지지 않았다.

해설

어느 곤충학자의 트라우마
-'불륜'하는 아이와 서정아의 소설 세계

김필남(평론가)

1. 'bug life'

이제, 동물은 애완이나 반려의 형식으로 규정되어 문명화의 과정 속으로 어느 정도 편입되었다. 인간이 동물이었으니, 동물을 문명화의 구조 속으로 기입하는 것은 결코 어려운 일이 아니었을 수 있다. 어느 정도 시간이 필요해졌다고 해도, 동물들은 철저히 인간중심적인 구도 속에서 인간의 이해에 따라 규정되고 맥락화되었다고 할 수 있다. 예외가 있다면 그것은 '고양이'인데 이는 문명의 안팎에 일정한 균열을 내면서 길들여지기도 하고, 또 그 결을 거스르기도 하는 위치에 있다. 달리 말해, 동물은 인간의 바깥에서 인간의 삶 내부로 침입하는 게 아니라 철저히 함께 있음의 상태 즉, 내재적인 방식으로 출현하는 것이라고 이야기할 수 있다.

식물의 경우 동물이 그러했던 것보다 훨씬 오래전부터 기술과 문명에 의해 관리되고 통제되어왔다. 식물은 동물과 달리, 완벽한 통치에도 불구하고 인간 문명이 경험하는 자연과는 다른 방식의 리듬과 순환을 가짐으로써 인간의 외부에서 내부의 삶으로 진입하고 있다. 이미 갖은 관상식물들이 집 내부에 들어와 있고 인간의 삶을 풍성하게 하는 기능의 좌표 내에 있는 것이다. 하지만 식물은 결코 우리의 삶 속으로 환원되지 않는 지점들을 남기기 마련이다. 동물과는 다른 호흡법과 생태적인 체계들이 동물과는 다른 방식의 문명화의 시스템을 구조화했다고나 할까? 물론 식물은 씨앗이나 종자를 퍼트릴 때를 제외하고는 고정되어 있다는 점에서, 문명화의 내부에 안전하게 포획되어 있는 것처럼 보이기도 한다. 하지만 그것은 인간의 삶에서만 안전할 뿐 더 이상 스스로 그 풍성함은 자랑하지 못하고 있는 상황이다.

곤충은 동물이나 식물이 문명화되는 것과 또 다른 궤적을 갖는다. 곤충은 인간의 삶에서 애완으로 취급되는 경향이 많지 않으며, 마치 식물들처럼 관상용으로 들여놓기는 하지만, 엄밀한 의미에서 문명의 바깥에 위치하는 존재들이라고 할 수 있다. 거미, 벌, 개미, 파리, 모기, 바퀴벌레 따위들은 인간의 삶에 부지불식간에 침투하며 단박에 퇴치/박멸해야 할 대상으로 결정 나

버리기 일쑤이다. 인간의 삶 내부에 들어온 곤충들은 공포의 대상이 되든지, 회피해야 하거나 무관심의 대상으로 시야에서 사라질 뿐이다. 개미가 들끓을 때 집이 제 구조를 튼튼하게 유지하지 못할 것임은 주지의 사실이다. 곤충이 안전한 존재라고 믿을 때는 오직 '채집'되어 '박제'될 때뿐이다.

그 이외에 곤충이 출몰할 때는 특정한 인과를 갖는다고 보기 어려우며, 그 원인을 안다고 해서, '세스코'가 철저히 곤충의 생리를 과학적으로 연구하여 박멸한다고 해서, 곤충이 다시는 나타나지 않는다고 보기도 어렵다. 이들은 길들여지기보다 '진화'하고 있으며 지속적으로 문명 속으로 스며들어, 공포를 불러일으킨다. 이러한 공포는 순결과 정결의 훼손으로서 위생의 문제를 즉각적으로 제기하기 마련이고 이를 통해 특정한 주체의 이미지를 구성하는 방식으로 활용되는 계기로 이어진다. 이 주체가 침입하는 곤충들에 어떻게 대응하는가에 따라 주체 구성의 방식은 여러 가지로 분할될 수 있을 터. 심지어 '버그'는 디지털 세계에서도 박멸의 대상일 뿐이지 않던가.

〈동물의 왕국〉류의 다큐멘터리가 비인간들의 생존방식을 인간화하지만, 여전히 비인간의 영역은 남아 있다. 이 잔여들, 그러니까 '잉여'들은 자본주의적 체제에 들어와 있으면서도 목소리를 갖지 않는 세계와 등가의 가치를 지니기 마련이다. 소설가 서정아가 주목하는 것이 바로 이 지점이다. 서정아는 이유를 알 수 없는, 운영체제 자체 내에서 갑작스럽게 생긴 '버그'를 서사의 핵심적인 근간으로 삼는다. 이는 곧 소설이 어떤 바깥들을 받아들이는 방식에 대한 탐사와 연관되어 있을 수밖에 없다. 그것을 트라우마 때문에 생겨난 버그라고 할 수도 있을 것이며, 이유 없음으로 쉬이 규정 내릴 수도 있다. 하지만 이 버그의 원인이 단지 트라우마를 찾아가는 과정이나 '나'라는 주체를 찾기 위한 환원은 아님을 명심해야 한다. 서정아의 소설에서 나타나는 이 '버그'를 어떻게 할 것인가는 굴절된 세계를 어떻게 할 것인가라는 질문과 부딪힐 수밖에 없기 때문이다.

이제, 이 버그의 궤적을 살펴보자.

2. 버그: 이물감의 궤적들

등에 집을 짊어지지도 못한 민달팽이가 몇 번이나 쫓겨나기를 반복하면서 오늘 또 '그녀'의 집으로 침입한다. 반겨주는 이도 없는데 그녀의 집으로 느릿느릿 기어가 그 흔적을 남겨놓는다. 존재 자체가 미약했던 민달팽이는 집이 없어, 주인이 있는 집에 들어와 집을 흔들고 그녀를 뒤틀어버린다. 이때 민달팽이가 남긴 타액 같은 끈적한 분비물은 오랫동안 사라지지 않고 그녀의 머릿속을 헤집어놓는다. 「내 방에는 달팽이가 산다」의 최해연의 집에 지난해부터 민달팽이가 침입했다. 모기, 나방, 귀뚜라미의 침입이야 잠시 잠깐 놀라거나 피를 뜯기면 그만이지만 이 민달팽이 "내 방 어딘가에 자리를 잡은 채 나를 바라보고 있"(64쪽)는 것 같아 오싹하다. 이때, 보이지 않던 존재가 감지되기 시작한 것은 안락한 삶에 문제가 생겼음을 의미한다.

회사 동료들과의 주말 산행이 있는 날 최해연은 김 대리에게 신입사원 김선주의 소문을 듣게 된다. 사장의 여러 여자 중 한 명이라는 김선주의 소문을 전해주는 김 대리의 말에 그녀는 적절히 응수하지만 별 관심이 없다. 그녀의 관심은 소문 따위가 아니라 그 자리를 벗어나 '집(방)'으로 돌아가는 일뿐이다. 그러나 산행의 뒤풀이로 술자리가 이어지고 김선주가 그녀의 옆자리에 앉게 되자 불안감을 느낀다. 생각대로 김선주는 자신의 불행한 가정사를 최해연에게 들려주고자 애쓴다.

마음속의 이야기를 들어 주어야 하는 상대가 생긴다는 것은 절로 뒷걸음질 칠 만큼 꺼려지는 일이었다. 누군가와 가까워진다는 것은, 다시 멀어질까 하는 두려운 조바심을 가슴속에 새기는 일이다. 그만큼 또 신경을 곤두세워야 하고, 상대방의 일거수일투족에 의미를 두어야 하는 일이기도 하다. 내가 무언가를 해 줄 수 없음에 가슴아파해야 하고, 나의 일도 아닌데 힘들어해야 한다. 정말이지 이제는 그러고 싶지 않다. 무엇하러, 맘 편히 지낼 수 있는 상황에서 스스로 벗어나겠느냐 말이다. 외로움만 가슴속 깊이 묻어 두면 될 일을.(「내 방에는 달팽이가 산다」, 70~71쪽)

진지하고 간절한 눈빛으로 김선주는 병든 아버지를 돌봐야 한다는 말, 어머니가 돌아가셨다는 말, 오빠가 집에 들어오지 않는다는 말을 전한다. 하지만 해연은 김선주의 말을 더 듣지 않겠다는 표시로 술잔을 들어 권한다. 술자리 이후, 약속도 하지 않고 김선주가 해연의 집 근처로 찾아온다. 해연은 김선주를 만나러 나가던 중 화장대 위에 있는 민달팽이를 본다. 몇 번이나 밖에 버려도 다시 방으로 들어오던 민달팽이가 이제는 버젓이 제 집인 양 화장대를 기어 다니는 모습을 목격하고 해연은 그것을 버리기 위해 손을 뻗는다. 그 순간 달팽이의 살점이 주는 촉감에 해연은 온몸에 소름이 돋는다.

최해연을 만나러 온 김선주는 어렵게 자신의 이야기를 꺼내지만 해연은 김선주에 대해 알고 싶은 생각이 추호도 없다. 그리하여 해연은 김선주에 대한 음흉한 소문이 퍼져나가도, 김선주가 부서 사람들에게 은근한 멸시와 괴롭힘을 당하는 모습을 보아도 시선을 돌린다. 그녀 때문에 자신의 일상이 방해받는 게 두렵기 때문이다. 소문이라는 화살이 자신에게도 돌아올 수 있음을 알기에 해연은 못 들은 척 회피한다. 누군가에게 약간의 연민(관심)이 생기려고 할 때는 이불 속으로 몸을 숨기면 된다. 위험을 감지한 달팽이가 자신의 몸을 숨기는 것처럼 말이다. 그러나 아무리 이불 속으로 몸을 숨겨봤자 연민의 감정은 지워지지 않는다. 민달팽이를 손으로 잡았을 때 온몸에 새겨진 그 촉감을 잊을 수 없는 것처럼 말이다. 최해연의 일상에 균열이 생겼음이 자명하다.

> 내가 왜 이렇게 김선주의 일에 신경 쓰고 있는 건지 알 수가 없었다. 답답하기도 했다. 어쨌거나 그녀는 내게서 사라졌다. 내가 경계하던 낯선 세계도 모조리 짊어지고서 말이다. 이제 당분간은 내 공간을 침범할 무언가를 두려워할 일은 없을 것이다. 그러니 오히려 홀가분한 것 아닌가.(「내 방에는 달팽이가 산다」, 85쪽)

해연은 홀가분하다고 말하지만 이 말이 진심으로 들리지는 않는다. 김선주가 민달팽이처럼 해연의 삶에 이물감을 남기고 떠났기 때문이다. 이제 더 이상 해연에게는 집(방)마저도 온전히 자신을 지켜주는 공간이 아니다. 숨으려고 하면 할수록 자신의 존재가 더욱 부각되는 민달팽이처럼, 집으로 가고 싶지만 집을 가질 수 없는 민달팽이처럼, 그녀에게 집은 더 이상 익숙하고 안락한 공간이 아니다. 단지 몸을 누일 수 있는 공간일 뿐이다. 소설은 온전한 안식처라고 믿었던 '내 방'을 민달팽이에게 빼앗긴 여자를 통해 안식(처)이야말로 불가능한 것임을 알려준다. 그런데 이 민달팽이는 집을 가지지 않고 떠도는 동물이 아니던가. 집을 가질 수 없는 민달팽이에게 방을 빼앗긴 최해연, 소통을 통해서 약간의 안식을 느끼고자 했지만 그마저도 거부당하고 몸을 숨긴 김선주. 이 소설은 세계에서 '완전한 안식'이야말로 불가능한 것임을 알려주고 있는 것처럼 보인다. 또한 이제 더 이상 우리의 삶 그 어디에도 숨을 곳이 없음을 말하는 것이다.

민달팽이는 인간의 삶 내부에 들어와서는 안 되는 존재로, 인간들에게는 무관심의 영역에 속하는 동물이다. 하지만 최해연은 민달팽이를 통해 희미하게나마 자신의 삶의 궤적을 훔쳐본다. 즉 달팽이는 "내가 애써 피해온 삶의 이면들에 다시 덜미를 잡"(79쪽)히게끔 하는 데 좋은 도구로 작동한다. 그런데 이 이물감은 비단 「내 방에는 달팽이가 산다」에서만 볼 수 있는 것이 아니다. 서정아의 소설들 대부분에서 동물뿐 아니라 곤충이 등장하는데, 개미 떼의 침입으로, 갑작스런 벌의 공격으로, 고양이의 죽음으로, 그리고 '내' 안에 있던 아이를 통해서 평온한 일상에 균열이 가해진다. 그로 인해 끔찍한 감각(혹은 '트라우마')이 그/그녀의 온몸으로 퍼진다.

「꿀벌의 비행」은 아파트 베란다에 집을 지은 '벌'이 등장하는 데서부터 시작하는 소설이다. 하진은 벌이 자신을 공격할지 몰라 불안에 떨며 오랜 남자친구 '명'에게 도움을 구한다. 명은 벌집을 퇴치하기 위해 살충제를 구비해 오지만 어설프게 뿌렸다가 오히려 공격을 당할지도 모른다는 사실을 깨닫고 다음 날 119에 신고하라고 한다. 벌집을 발견한 그날 밤 하진은 명과의 관계에 대해 생각한다. 언젠가부터 명의 곁에 후배 은지가 있고, 하진은 명과 은지의 관계를 의심하며 그가 떠날 것임을 짐작한다. 짐작, 즉 이 불안은 벌이 스스로 집을 지었다고 보기보다는 하진의 불안으로 인해 불러들여진 것과 다름없어 보인다. 아니다. 사실은 그 이전부터 벌은 존재했지만 무관심으로 인해 그것을 보지 못하고 있었는지도 모른다. 즉 벌이 침입하기 전까지 하진은 명과의 불안한 관계를 인정하지 않고 지내다가 벌의 등장으로 이 불안과 대치하게 된 것이다.

꿀벌 침은 내장에 갈고리처럼 연결돼 있거든요. 침을 쏘면 내장이 파열돼서 죽는 거죠. 참 아이러니해요. 자신을 지켜 주는

무기가 결국은 스스로를 파괴한다니.(「꿀벌의 비행」, 122쪽)

벌집을 제거하기 위해 찾아온 119 구조대원은 천장에서 벌집을 떼어내던 중 벌에게 손등을 쏘인다. 손등에서 벌침을 뺀 구조대원은 벌침을 비닐봉투에 넣으며 벌은 자신을 지키기 위해 스스로를 파괴한다고 말한다. 벌을 만났기 때문일까. 하진은 명에게 은지 때문에 '유산'을 했다고 거짓을 고하며 이별을 선언한다. 그리고 그 거짓말은 지난여름에 했던 인공유산의 기억을 떠오르게 한다. 예정하지 않은 임신에 난감해하던 하진은 아이를 지울 결심을 하고 명 또한 그날의 일을 실수라고 여기며 중절수술을 막지 않는다. 하진은 명의 태도에 상처를 받지만 내색하지 않는다. 그 뒤로 하진은 명에게 더욱 집착하게 되고 후배라고 주장하는 은지와의 관계를 불신한다. 그리고 오늘 자신의 아파트에 집을 지은 벌집을 발견한 것이다. 자신이 상처받는 줄 알면서도 그 사랑에서 벗어나지 못해 주위사람들까지 고통스럽게 만들던 그녀는, 벌집을 퇴치한 것처럼 아주 쉽게 명과 이별하고, 마지막 한 방 남은 독침을 쏘는 것마냥 명과 자신에게 잊지 못할 거짓을 고한다. 왜 하필 벌의 침입이었을까. 독을 품고 비행하는 벌만이 사랑에 대한 확신이 없는 하진의 위태로운 삶을 보여줄 수 있는 존재이기 때문은 아닐까.

오해는 하지 말자. 서정아의 소설 속에 등장하는 동물·곤충이 인간의 성장을 위한 도구나 트라우마의 원인을 찾기 위한 도구로 작동한다는 뜻은 아니다. 달팽이나 벌은 인간의 삶에서 멀리 떨어진 동물 같지만 사실은 늘 우리의 삶 속에 있어 왔다. 비가 오는 날이나 습한 날 자주 출몰하며, 꽃이 있는 곳에 벌은 늘 존재하기 마련이다. 우리가 그것들을 인식하지 못하고 살고 있을 뿐이다. 마음(심리)이 극도로 불안할 때, 온몸이 예민해질 때 이것들의 소리가, 형체가 드러나며 인간의 삶 속에 존재하고 있음을 감각할 수 있다. 서정아가 만들어낸 인물들은 칼날 위에 서 있는 듯 예민하고 섬세한 존재들이다. 또한 그들은 벌과 민달팽이처럼 여기 존재하고 있는지도 모를 만큼 조용한 인물들이다. 자본주의 체제 속에서 비켜나 있는 존재라고 할 수 있다. 그리하여 그들은 하나같이 유령의 얼굴을 하고 제 몸뚱이(과거)를 숨기려 거짓을 말하든가 침묵을 선택한다. 혹은, 다음 장에서 다룰 텐데, 자신의 존재를 부정(不正)하기 위해, 부정(不淨)을 일삼는다. 예민하고 신경증적인 증세를 보이는 인물들이 극한의 상태에서 만나는 게 바로 동물이나 곤충인 것이다.

이 지점에서 「이상한 과일」에 등장하는 '고양이'는 흥미롭다. 작품 속의 인물들이 곤충 등을 퇴치의 목적으로만 여겼다면 고양이를 바라보는 시선은 좀 다르다. 「나를, 알아?」의 방에서 나오지 않는 미수의 오빠가 유일하게 소통하는 것이 바로 길고양이이며, 「이상한 과일」의 고양이는 보살필 대상(애완)이거나 학대의 대상으로 존재한다. 이는 운이 좋으면 애완동물이 될 수 있었던 고양이가 주인의 컨디션에 따라 버려질 수도 있음을 자각하게 한다. 이 고양이의 삶이야말로 모든 애완동물(또는 '사람')의 상황을 대변하고 있는 것이다.

> 문득, 그들이 씹어 대고 있는 것은 성재와 민우일 테지만 불 속에서 타고 있는 것은 자신들의 뒤틀린 일상이 아닌가 하는 생각이 든다. 나를 비롯하여 모두들, 자기를 대신해 불 속에 뛰어들어 줄 누군가를 기다리고 있었던 것이다. 이렇게 무언가를 밟고 불태우고, 그럼으로써 조잡하게 뒤틀린 일상을 재생시키고, 그렇게 살아가고들 있는 것이다.(「이상한 과일」, 57~58쪽)

「이상한 과일」에서 남편은 대화와 섹스를 거부하는 아내로 인해 직장동료와 불륜을 저지르는 남자다. 그러던 어느 날 남편은 아내의 외도를 목격하고 얼마 후 아내가 임신했다는 이야기를 듣는다. 누구의 아이인지 중요하지 않다고 생각하는 남편은 마치 이상한 동물 같다. 다른 여자와 섹스를 하지만 언제나 아내에게로 돌아오고, 아내와 관계를 개선하고 싶지만 결국 끝을 보게 될까 봐 두려워하는 길고양이. 그는 이미 일상이 뒤틀려 있는데 그것을 굳이 바로 세울 필요가 없다고 생각한다. 세상의 잣대로 보자면 남편은 이상하다. 그런데 이상하다고 말하는 것들, 즉 게이, 기형적으로 짧은 다리를 가진 고양이, 불륜, 사생아 등이야말로 이 복잡하고 모호한 세상을 통찰할 수 있는 시선이 아닌가. 옳은 것, 예쁜 것만 찾는 기형의 세상에서 그것보다 더 이상하다고 하는 것들이 불쑥 튀어나올 때 세상이 얼마나 폭력적인지 알 수 있기 때문이다. 그리하여 그는 아내의 뱃속에 든 아이가 누구의 아이인지 묻지 않는다.

「풍뎅이가 지나간 자리」에서 '풍뎅이'는 침입자로도, 보호해야 할 대상으로도 등장하지 않는다. 채집된 풍뎅이는 '박제'되어 평생 보존된다. 잊고 살다가 가끔씩 꺼내 보아도 여전히 변함없는 것, 그것이 바로 박제된 상태다. 미수는 키도 작고 뚱뚱하며 볼품없는 남자 경을 좋아한다. 미수는 경의 매끈한 피부 감촉을 사랑한다. 경은 젊음과 아름다움이 변질될 것에 대한 두려움을 갖고 있는 남자로, 아름다움을 영원토록 남기기 위해 자신의 몸에서 가장 보드라운 귓불을 잘라 미수에게 보냄으로써 그를 영원히 기억하도록 만든다. 붙잡을 수 없는 아름다움을 붙잡는 방법은 죽음(박제)으로만 가능하다. 미수는 아마도 경의 보드라웠던 귓불을 영원히 기억할 것이다. 하지만 귓불은 영원히 아름답게 존재할지 모르나 예전처럼 그것을 사랑하지는 않을 것이다. 미수는 귓불을 사랑한 것이 아니라 그 촉감을 사랑한 것이다. 만지면 바스락거리며 금세 사라지고 말 귓불을 사랑할 이유가 없다. 박제는 빈껍데기로 남아 아름다움을 과시할 뿐이다. 그것은 금방 잊히는 아름다움이다.

서정아의 소설 속에 등장하는 동물·곤충은 인간의 삶, 그것도 가장 안전한 장소라고 믿어 의심치 않는 집 안으로 침투한다. 침투는 목숨을 담보로 한 것으로, 이들은 대부분 인간에 의해 박멸된다. 그러나 동물·곤충들의 영원한 퇴치는 불가능하며 상황만 발생하면 또 나타날 수 있다. 서정아는 이들의 느닷없는 침입을 주시한다. 왜 그들이 나타나는지, 어떻게 인간의 삶으로 개입하는지. 서정아의 소설 속 인물들은 대부분 버림받았거나, 버림받기 전에 먼저 버림을 선택한다. 그들은 어딘가에 속해 있는 듯 보이지만 어디에도 속하지 못하는, 그러나 돌아보면 늘 거기 있는 사람들, 곤충(과) 같이 이상한 사람들이다.

3. 위생의 주체: 불륜만 '보는' 아이들

그/그녀의 집으로 동물·곤충 따위가 침입한 이후 그들의 일상에 미묘한 균열이 생긴다. 그것은 느닷없이 침입한 동물·곤충의 문제 때문에 발생한 이유로 보이지만 사실 잊고 싶은 기억(사건)과 관련되어 있음을 알 수 있다. 그로 인해 소설 속 인물들이 자신의 트라우마를 털어내지 못하고 있음을 확인한다. 이 상태는 한마디로 '불륜 모티브'라고 할 수 있을 서사적 형태에서 비롯된다. 서정아의 인물들은 기본적으로 불륜을 두 번 경험한다. 한 번은 비극으로, 한 번은 희극으로 말이다. 전자가 엄마의 불륜을 통해서 경험하게 된 트라우마라면, 후자는 그 트라우마를 스스로 실행한다는 점에서 블랙코미디적인 요소가 짙게 녹아 있다. 즉 두 번째 불륜은 연극적인 '수행'에 훨씬 가깝다. 연극이 아니고서는 시도해서는 안 되는 것이라는 점에서, 불륜은 생활 또는 감정의 영역 안으로 들어오지 않는다. 서정아의 8편의 소설 중 6편의 소설이 불륜을 목격한 이후 '나' 또한 불륜을 수행하고 있다. 이때 '나'가 어떤 세계로도 나아가지 않고 있다는 것 또한 우연일 수 없다.

「해산」의 현주는 아버지가 누군지도 모르고 어렸을 때 자신의 첫사랑과 잠자리를 같이하는 어머니를 목격한 바 있다. 이후 제임스가 지극정성으로 자신을 사랑하는 것을 알지만 그 사랑을 무시한 채 유부남인 재훈과의 사이에서 아이를 임신한 현주는 낙태를 종용할지도 모를 재훈과 만나지 않고 미혼모가 되기로 결정한다. 평범한 사랑 따위는 가질 수 없다고 생각하고 그것이 운명인 양 자신의 엄마처럼 불륜을 저지르는 것이다. 아이는 출산 2주일을 앞두고 뱃속에서 사산된다. 유도분만을 통해 죽은 아이를 뱃속에서 꺼낸 현주는 여느 산모들처럼 출산의 고통을 경험한다. 젖은 흘러나오고 가슴은 도려내고 싶을 정도로 아프다. 하지만 그녀에게는 젖을 물릴 아이가 없다.

몸의 통증과 후각의 고문 앞에 슬픔은 자리할 곳이 없었다. 마음보다 앞서는 몸의 느낌이 오늘따라 유독 경멸스러웠다.(「해산」, 145쪽)

현주는 아픔을 느낀다. 그러나 이 아픔은 아이를 잃은 데서 오는 슬픔이나 고통이 아닌 몸의 '통증'이다. 그 통증도 잠시 자각될 뿐이지 현주에게 중요한 문제는 아니다. 아니, 그녀는 현재 어떠한 감정의 변화도 느낄 수 없을 만큼 너무나 담담한 상태다. 병원을 나서자마자 현주는 그동안 만나지 않고 살았던 엄마를 만나러 간다. 그리고 현주는 오래전 자신의 첫사랑이었던 남자와 엄마가 관계를 맺는 것을 목격했음을 떠올린다. 그녀는 섹스 장면을 목격한 이후 가출을 시도하고, 돌아온 이후에도 엄마를 멀리한다. 아이를 잃은 고통을 자각하기도 전에 그녀가 기억해 낸 것이 자신의 엄마라는 점은 흥미롭다. 보통의 엄마라면 새끼를 잃은 이후에는 슬픔의 눈물을 흘린다. 우리는 그것을 '모성'이라고 부른다. 하지만 현주는 자식을 잃은 슬픔이나 고통의 모성이 아닌 몸의 통증을 먼저 느낌으로써 엄마보다는 '나'를 선택한 것처럼 보인다. 아이의 존재는 까맣게 잊고 말이다. 민달팽이나 벌처럼 느닷없이 내 몸으로 침입한 아이와 아이의 죽음은 현주가 왜 미혼모로 살기를 원했는지 그 이유를 알 수 있게 한다. 이는 현주의 트라우마와 관련이 깊다.

> 이미 결혼을 한 재훈과 만났던 것은 아마도 그런 두려움 때문이었을 것이다. 그는 어차피 내가 가질 수 없는 사람이니까 잃을 것도 없지, 라는 생각이 나를 안심시켰다.(「해산」, 156~157쪽)

현주는 언제나 무언가를 잃을 수도 있다는 불안감을 가진 채 '방'에 숨어 살던 여자다. 잃는 것이 전제인 삶에서 차라리 아무것도 가지지 않겠다는 것이다. 이때 온전히 자신의 편이 되어줄 수 있었던 아이는 현주가 엄마를 이해할 수 있었던 마지막 기회였다. 그래서 현주는 임신기간 동안 아이의 아버지보다(혹은 아이보다) 엄마란 존재를 더 많이 생각했고 엄마를 이해하려고 노력했으며 원망을 씻어내고자 했다. 하지만 현주는 엄마가 되지 못했다. 엄마를 이해할 수 없게 된 것이다.

아직 부기가 덜 빠진 몸을 이끌고 다시 엄마를 떠나는 현주는 "엄마의 몸 안에서 이제 막 빠져나온 아이처럼 눈이 부"신 바깥 세상을 본다. 눈부신 길이 축복인지 불행으로 가는 길인지 알 수 없다. 허나 엄마가 여전히 이해 불가능한 사람이라고 하더라도, 현주는 잠시나마 엄마의 마음을 이해하고 싶었고, 원망을 털어내고 싶었다. 이는 이제껏 소통을 거부했던 인물들과 달리 한 발 전진했음을 알려준다. 남편 없이 여러 남자를 전전하며 시골다방에서 웃음을 파는 엄마, 자신을 버리지 않고 낳아 키웠던 엄마의 세상을 보려고 한 것이다. 결국 불륜을 봤던 아이는 자신의 불륜(임신)을 통해 성장할 수 있었다. 어제는 죽은 아이를 낳았지만 오늘은 자신의 트라우마였던 엄마(혹은 엄마의 불륜)를 떠나 자신을 사랑하고 있는 제임스와 길을 떠나니 말이다. 서정아의 소설 중에서 유일하게 '방(자궁)'을 나와 세상으로 나아가는 인물이다.

「빙하로 가는 날엔」에서도 불륜이 나타나는데 이 작품의 경우 두 번째 불륜은 좀 더 희극적으로 연출되고 있어 흥미롭다.

열다섯에 부모를 잃고 큰아버지 댁에서 살게 된 민선은 가족이 없는 밤 큰아버지에게 강간을 당한다. 이 사실을 누구에게도 전하지 않고 여고생이 된 민선은 친한 친구에게 비밀을 발설한다. 비밀은 며칠을 지나지 않아 전교생에게 퍼지고, 민선은 친구를 응징한 후 학교를 자퇴한다. 이후 시간이 지나 민선은 완벽한 남자를 만나서 연애를 하고 결혼할 마음까지 먹는다. 마치 그 사건을 잊고 평범한 생활을 할 수 있을 것처럼 보인다. 하지만 우연히 여고시절 친구를 만난 후 민선의 일상은 모래성처럼 스러진다.

> 나는 겨우 마음을 가다듬어 말했다. 지난 일이고 어차피 언젠가는 말하려고 했던 일이다, 다른 사람을 통해 듣게 해서 미안하지만 나로선 선뜻 꺼내기 힘든 이야기였다, 그런 말들을 더듬더듬 느리게 꺼내 놓았다. (…) 논리는 없지만 지극히도 현실적인 꿈들을 여러 번 꾸며 잠을 설쳤다. 이미 오전 시간이 훌쩍 지나간 걸 알면서도 아무것도 하고 싶지 않아 침대에서 나오지 않았다.(「빙하로 가는 날엔」, 184~185쪽)

민선의 과거를 알게 된 애인은 이별을 고한다. 그런데 민선의 태도는 「해산」의 현주의 모습과 다르지 않다. 현주가 엄마의 불륜을 목격한 이후 감정을 표출하지 않았던 것처럼, 민선 또한 큰아버지에게 강간당한 이후부터 자신의 삶이 그렇게 호락호락하지 않을 것임을 예상했던 것 같다. 남자의 이별통보를 마치 기다렸다는 듯 덤덤하게 받아들인다. 강간을 당하고, 믿었던 친구한테 배신당한 사건으로 민선은 사람들과 소통하는 데 실패하고 어떤 상황에서도 감정을 표출할 수 없는 무감각한 인간이 된 것이다. 이는 민선이 열다섯 살 이후로 전혀 성장하지 못한 채 어린 시절의 트라우마에 갇혀 살고 있음을 말하는 것이다.

그런데 민선이 룸메이트인 은영의 불륜 소식을 듣고 보인 행동은 아이러니하다. 은영은 애인의 와이프에게 불륜을 발각당하자 당연히 머리채 뜯길 각오를 한다. 하지만 은영은 그들 부부 사이에서 완벽하게 외부인이었다. 다시 말해 비극영화의 주인공인 줄 알았는데 그저 흔한 조연임을 불륜을 통해서 알게 된 것이다. 민선은 은영의 이별에 눈물을 흘리며 위로의 말을 찾는다. 자신의 과거와 애인과의 이별을 마치 남의 것인 양 고백했던 여자가 친구의 불륜을 봄으로써 자신이 처한 상황을 극복하려는 태도를 보인다. 극한의 상황에서도 침묵과 무관심으로 일관했던 여자는 이야기의 행복한 엔딩이야말로 한심한 감독이 만들어낸 동화임을 불륜을 끝낸 친구를 봄으로써 발견한다. 그리고 민선은 은영에게 '빙하'에 가자고 말한다. 민선은 아마도 빙하에서 생애 두 번째로 자신의 과거를 이야기할지도 모른다. 그것에 대해 말할 수 있을 때 비로소 완벽한 극복이 이루어질 수 있을 테니까.

「나를, 알아?」의 미수 또한 비극과 희극을 경험한다. 이는 미수의 가족에게 해당하는 것인데 일차적인 비극이 아버지의 자살로 일어난 것이라면 이차는 미수의 불륜이다. 미수는 단순한 호감에서 류와 불륜은 저질렀고 류는 가정을 버릴 마음이 없다. 둘의 관계에 사랑 따위의 감정이 개입한다면 그것은 지속될 수 없다. 미수에 대해 잘 알고 있다고 믿는 류에게 '잘 알 수 있는 것은 없다'고 말하고 싶어서였을까. 미수는 류가 심혈을 기울여 작성한 문서철을 불태운다. 미수의 행동은 사랑일 수도 있고, 관계를 끝내기 위함일 수도 있다. 하지만 확실한 것은 미수가 불륜을 통해 아버지의 자살 이후 방 밖을 나오지 않고 있는 오빠의 내면을 보게 되었으며, 이로 인해 미수의 FM 같은 모습이 잠시나마 깨졌다는 사실이다. 두 번째 찾아온 비극 혹은 희극이 미수를 감정적이고 인간적인 면모를 드러내는 여자로 만든 것이다.

서정아의 소설 속 인물들은 자신에게 상처를 준 첫 번째 '불륜'에 분노하지 않으며 어른이 된 이후에는 대체로 불륜의 당사자(혹은 목격자)가 된다. 그들이 보고 겪은 불륜은 말할 수 없는 이야기이거나 혹은 아예 기억 속에서 사라지고 없다. 봉인이 해제되는 순간 견고한 삶이 무너질지도 모르기에 아예 그것을 삭제시켜버린 것이다. 삭제된 기억이 생성되지 않기를 바라면 그들은 말을 줄이고 감정에 무감각해지거나 불안이나 신경증의 상태로 집-방 안에서 나오려 들지 않는다. 그러나 이 트라우마는 버그(동물 또는 곤충의 침입)로 인해 느닷없이 해제되고, 일상은 변화한다.

버그 없는 프로그램이 원리상 불가능한 것처럼 트라우마 없는 인간은 없을 것이다. 또한 트라우마는 인간의 컨트롤에 의해 조정되는 것이 아니다. 잠재되어 있다가 느닷없이 나타나는 것 그것이 버그의 특징이며 이것이 바로 트라우마이기도 하다. 트라우마를 어떻게 다룰 것인가. 매번 상처받으며 사람들 간에 소통을 끊고 숨기려(숨으려) 할 것인가. 서정아의 소설 속에서 불륜(또는 상처)이 한 번은 비극으로 두 번째는 희극으로 나타났던 것처럼 이 불륜의 기억(트라우마)을 장애가 아닌 생활의 영역으로 포함시켜 유쾌하게 말할 수 있어야 할 것이다. 그렇게 될 때 버그의 충돌 원인이 파악될 수 있을 것이다. 물론 이 버그를 완벽히 붙잡을 수는 없겠지만.

4. '개미들'만 아는 이야기

버그를 퇴치/박멸의 대상으로만 여길 때 「잎이 삼킨 것들」을 만날 수 있다. 살충제를 아무리 뿌려도 퇴치되지 않는 개미 떼를 박멸하기 위해 '나'는 개미와 달팽이를 잡아먹는다는 식물, 파리지옥을 구입한다. 날이 갈수록 거대하게 자라나는 파리지옥을 두려워한 나는 집 근처 골목에 파리지옥을 버린다. 그리고 얼마 후 나는 내가 버린 파리지옥이 가로등 옆자리에 뿌리를 내리고 서서 사람들을 잡아먹는 모습을 본다. 이 소설은 기존의 인물들이 동물·곤충들을 박멸하는 데 적극적으로 개입하지 않았던 것에 비해 굉장히 집요하게 그것들을 퇴치하려 하고 ⒬미) 퇴치가 불가능하자 공포를 느껴 멀리 갖다 버리기까지⒲리지옥) 한다. 퇴치/박멸만이 목적일 때 이야기는 힘을 잃고 허무해질 수 있다. 우리의 삶 속에 우연은 없는 것처럼 개미 떼 또한 이유 없이 출몰하지 않으며 인간이 모르는 이야기를 개미들은 알고 있을 것이다.

디지털의 세계에서도 '버그'는 퇴치해야 하고 삭제되어야 할 것으로 취급받는다. '버그'는 이야기되지 못한다. '버그' 자체는 해소됨으로써만 받아들여질 뿐이고 그것이 등장하는 순간에 논란과 피해가 가중될 따름이다. 달리 말해 '버그' 자체에 대해 말할 수는 없고 '버그'가 침투함으로써 발생하는 사건이나 그것을 처리하는 방식에서 생성되는 일들만을 '이야기'할 수 있다는 것이다. '버그'는 자신의 이야기를 스스로 발화할 수 없다. 그래서 '버그'는 아무리 몸을 바꾸어 등장해도 그 모습을 확인하기 어렵다. 우리는 '버그'와 만나지만 그것을 모르고, 모르는 채 만나서 갈등을 일으킨다고나 할까? 서정아 소설 속 '버그(혹은 트라우마)'는 제 모습을 온전히 드러내지 않지만, 오히려 제 모습을 드러내지 않음으로써 서정아를 '동물/곤충학자'로 위치시키고 있다. 이는 마치 카프카가 '곤충'이 되어버린 과정과 흡사하다. 아직은 곤충의 생리와 습속 그리고 그것들이 일으키는 불편하고 불안한 상황들을 끌어안고 있으면서 '연구자'로 남아 있지만, 그녀는 조만간 이러한 버그들과 완전히 분리되지 못할 것으로 여겨진다.

서정아의 소설은 인간과 동물(곤충, 벌레 등)의 결합 과정을 보여준다는 점에서 주목해야만 한다. 애완으로 취급되는 동물의 경우에는 인간과 함께 살고 있으니 다르지만 인간의 삶에서 곤충을 인식하는 것은 순식간에 이루어지지 않는다. 오랜 시간의 고투의 과정과 싸움의 과정이 동반되지 않으면 그것을 인식하기 어렵고 또한 이야기로 조직하기 어렵다. 때문에 '버그'와의 일체화의 경로 위로 들어가는 것은 엄청난 고통을 수반할 수밖에 없다. 서정아의 소설이 소설적 완결성을 구성하지 않는 것도 이런 점에서 비롯된다. 어떻게 '버그'의 서사가 완결적인 구조로 이루어지겠는가? '버그'의 서사가 구성되더라도 '버그'의 이야기는 궁극적으로 침묵으로 남기 마련이다. 서정아는 이 침묵, 왜 그/그녀들이 말하지 못하는 것에 주목하면서 버그들의 미세한 균열을 보여준다. 그리하여 가장 먼저 달팽이, 벌, 개미, 풍뎅이 등이 안락한 집으로 침입하고 있다.

작가의 말

등단 10년 만에 첫 소설집을 묶는다. 오랜 시간 동안 여기저기 기웃거렸지만 돌아보니 마음은 한곳에 있었다. 기쁘고 애틋하고, 이제야 그 마음을 안 것이 한편은 부끄럽고 미안하다.

나를 스쳐가는 모든 이들이 스승이다. 그래도, 처음 소설을 쓰기 시작할 무렵 많은 도움을 주셨던 강인수·남송우 교수님, 김헌일·이복구 선생님, 신춘문예에서 내 소설의 가능성을 보아주신 김원일·조갑상 선생님께는 특별히 인사를 전해야겠다.

소설집 출판을 누구보다 기뻐해줄 가족들에게 깊은 사랑을, 그리고 이 책이 나오기까지 여러모로 고생해준 산지니 출판사에도 감사를 전한다.

어떤 고통과 상처도 결국은 글쓰기의 밑거름이 되니 세상에 부딪치는 일이 두렵지 않다. 앞으로도 낯선 길을 즐거이 거닐 것이다. 그 길에서 만나게 되는 것들이 마냥 아름답거나 좋은 것만은 아닐지라도 걷기를 멈추거나 지레 겁먹지 않을 것이다.

그리고,

열심히 쓰겠다.

2014년 9월

서정아

이상한 과일

초판 1쇄 발행 2014년 9월 30일

지은이 서정아
펴낸이 강수걸
편집장 권경옥
편집 윤은미 손수경 양아름
디자인 권문경
펴낸곳 산지니
등록 2005년 2월 7일 제14-49호
주소 부산광역시 연제구 법원남로15번길 26 위너스빌딩 203
전화 051-504-7070 | 팩스 051-507-7543
홈페이지 www.sanzinibook.com
전자우편 sanzini@sanzinibook.com
블로그 http://sanzinibook.tistory.com

ISBN 978-89-6545-265-2 03810

*책값은 뒤표지에 있습니다.
*이 도서의 국립중앙도서관 출판시도서목록(CIP)은 e-CIP 홈페이지
(http://www.nl.go.kr/ecip)에서 이용하실 수 있습니다.
(CIP 제어번호: CIP2014026948)
*본 도서는 2014년 부산문화재단 지역예술창작지원사업의
일부 지원으로 시행됩니다.